山西文华·著述编

石评梅集

石评梅 ◎ 著　董大中 ◎ 主编

诗歌　戏剧　书信

第三册

《山西文华》编纂委员会　编

山西出版传媒集团
北岳文艺出版社

图书在版编目(CIP)数据

石评梅集.第三册,诗歌 戏剧 书信/石评梅著；
董大中主编.— 太原:北岳文艺出版社,2017.12

ISBN 978-7-5378-5418-4

Ⅰ.①石… Ⅱ.①石… ②董… Ⅲ.①中国文学—现代文学—作品综合集②诗集—中国—现代③戏剧文学—剧本—作品综合集—中国—现代④书信集—中国—现代 Ⅳ.①I216.2

中国版本图书馆 CIP 数据核字(2017)第 269221 号

石评梅集 第三册 诗歌 戏剧 书信

著　　者:石评梅
主　　编:董大中
责任编辑:史晋鸿
封扉设计:山西天目·王明自
出 版 者:山西出版传媒集团·北岳文艺出版社
地　　址:山西省太原市并州南路 57 号
邮　　编:030012
电　　话:0351-5628696(发行部)
　　　　　0351-5628688(总编室)
传　　真:0351-5628680
网　　址:http://www.bywy.com
E－mail:bywycbs@163.com
经 销 者:新华书店
承 印 者:山西人民印刷有限责任公司
开　　本:700mm×1000mm　1/16
字　　数:184 千字
印　　张:14.75
版　　次:2017 年 12 月　第 1 版
印　　次:2017 年 12 月　第 1 次印刷
书　　号:ISBN 978-7-5378-5418-4
定　　价:75.00 元

ISBN 978-7-5378-5418-4

《山西文华》学术顾问委员会

李　零　李文儒　李学勤　袁行霈　唐浩明
梁　衡　张　颔　张光华　葛剑雄　杨建业

《山西文华》分编主编

著述编　刘毓庆　渠传福
史料编　张庆捷　李晋林
图录编　李德仁　赵瑞民

出版说明

山西东屏太行，西濒黄河，北通塞外，南控中原，是中华民族的主要发祥地之一。中华文明辉煌灿烂，三晋文化源远流长。历史文献丰富、文化遗产厚重，形成了兼容并包、积淀深厚、韵味独特的晋文化。山西省政府决定编纂大型历史文献丛书《山西文华》，以汇集三晋文献、传承三晋文化、弘扬三晋文明。

《山西文华》力求把握正确方向，尊重历史原貌，突出山西特色，荟萃文化精华，按照抢救、保护、整理、传承的原则整理出版图书。丛书规模大，编纂时间长，参与人员多，特将有关编纂则例简要说明如下。

一、《山西文华》是有关山西现今地域的大型历史文献丛书，分"著述编""史料编""图录编"。每编之下项目平列；重大系列性项目，按其项目规模特征，制定合理的编纂方式。

二、"著述编"以1949年10月1日前山西籍作者（含长期在晋之作者）的著述为主，兼收今人有关山西历史文化的研究性著述。

三、"史料编"收录1949年10月1日前有关山西的方志、金石、日记、年谱、族谱、档案、报刊等史料，以影印为主要整理方式。

四、"图录编"主要收录 1949 年 10 月 1 日前有关山西的文化遗产精华,包括古代建筑、壁画、彩塑、书画、民间艺术等,兼收古地图等大型图文资料。

五、今人著述采用简体汉字横排,古代著述采用繁体汉字横排。

《山西文华》编纂委员会

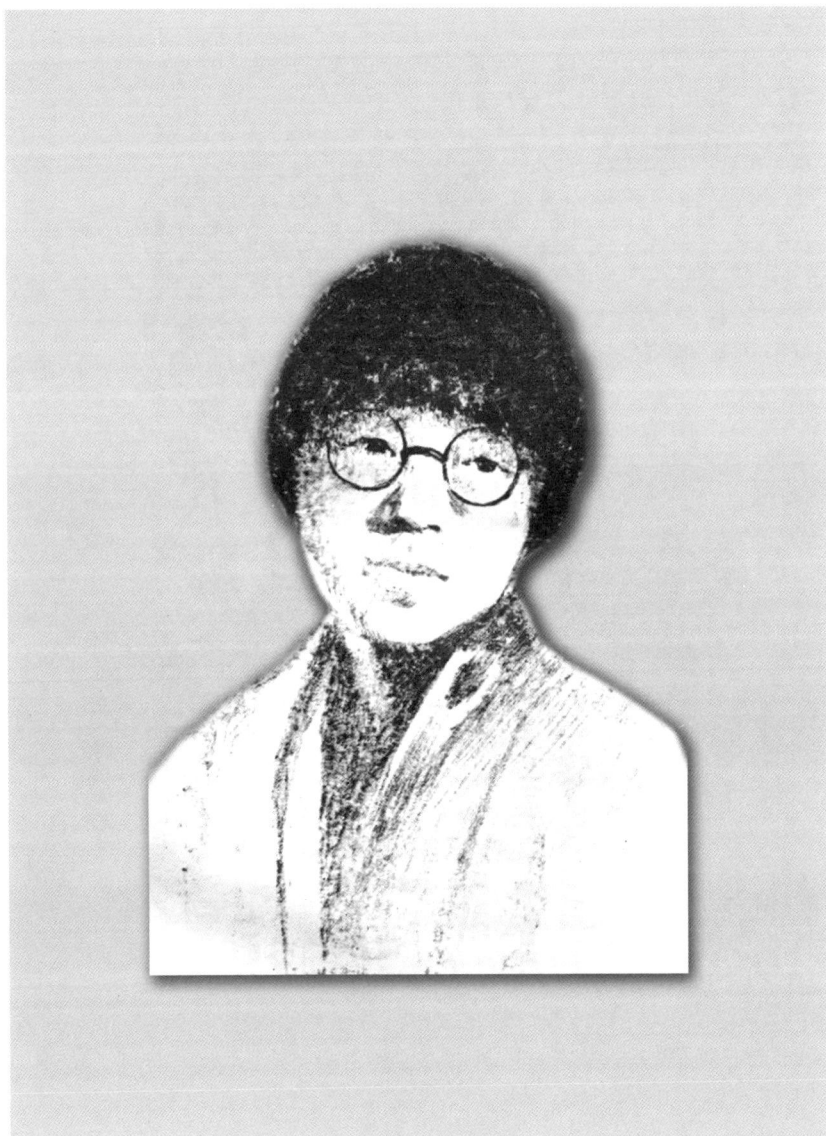

石评梅肖像

北京陶然亭高君宇、石评梅雕像

惠平：

好嗎？、我自寒食那天一直到今天、天天都

去閱些書、寫了題、如今完了、寫畢這一個事、

我都沒有了、只有刊印他的邊昌了、現在我

正在抄錄呢！

許久我們不見了、計算算還不到十天哩。可是

期一附中武功上課。你一定很忙吧！再次見

我時我把小蓉的像給你看。

梅姊　九日草

（右上角）連封信我都……一事一事做。

語 絲　第一百〇四期

再讀「蘭生弟的日記」

評梅

八月底從山城到北京的第二日，在胞友案頭看見了沙漠中歸來的駱駝，那夜和型是讀完了蘭生弟的日記。墓有什麼話可表示我那時的心境，似乎是在一種不寧靜的心情中，更添加了提許人間共有的惆悵！

過了幾日在書攤上又看見那青衣白髮的單行本，在孤寂中紅著臉恐有的新奢增裏，物異什麼那樣清淡那樣低徊陣～直當的枯與我一種密繞後，買了一本歸來。白天晚上勤苦的工作着，晚間夜靜，在燈下我咽着自己的悲哀，再讀蘭生弟的日記。

到不可深測的淵底去了。在悲哀，頹喪，痛惜，懦怯，懨惜中惜惜走過去的，也許是我們留莫有力，莫有磨，莫有勁的空洞的生命龍！

這年頭兒，我們都是咽着淚，流着血，按着傷痕，蹉着徐勇，在槍砲場中，肩骨增裏，找尋理想的綠洲的。假使成功勝利是建築在失敗絕望的基礎上，黑暗的，荊棘叢生的道路中摸索着去更深更深的人生內尋求光明麼。蘭生弟的日記中苦野嚨們的，是將純其無瑕的生命之火，蔚川白村豐病的天才，就照其本面目投給世間。把燒紅熠熠地燃燒着的自己，提佳犧牲跳躍在生命的諸途的路上的魔障相衝突的火花，將真的自己恭襯的忠誠的菱弱的衣於自己所愛的面前，現出。

我藏完蘭生弟的日記後，使我認識了自己生命力量的無限。一直到現在，我都或謝作者所指示所給與的是那樣豐富那樣充實。我比那種一隻小小的慈航，在翻海

《语丝》刊发的石评梅作品

出版前言

石评梅（1902—1928），山西平定人。现代著名诗人、作家。本名汝璧，乳名心珠，评梅是作者自己后来起的笔名，因喜爱梅花而得名。其他笔名还有蒲依、波微、漱雪、冰华、微子、漱玉等。

1919 年夏，石评梅考入北京女子高等师范学校体育系。1921 年末开始发表作品，以诗和散文为主，也有小说发表。其作品大多发表在《新共和》《国风日报·学汇》《晨报副刊》和《京报副刊》等报刊上。主办了《妇女周刊》《蔷薇周刊》。1928 年，因病去世。后与高君宇合葬于北京陶然亭。

石评梅观察生活细腻，描写深刻，语言婉转、生动、流利，创造出许多美好的意境；她写人们的痛苦，特别是女子的痛苦，到无人可以超越的地步；她思想上存在着的新与旧、情与理等多重矛盾，使其作品常表现出复杂的感情和意识，是那一时期青年人现代性意识跟传统文化碰撞的具体表现，如今依然具有很大的典型意义。

石评梅作品总量应在 150 篇（部）以上，但作者生前没有结集出版过。1928 年逝世以后，由黄庐隐、陆晶清等友人编成《涛语》和《偶然草》两本集子，主要收散文，分别由上海神州国光社和北平华严书店出版。1983 年、1984 年、1985 年书目文献出版社分别整理出版了三卷本《石评梅作品集》，1985 年山西人民出版社出版了综合性的《石评梅选集》。进入新世纪，又有长江文艺出版社等几家出版社出版了石评梅的作品集。

本次出版的《石评梅集》，第一册收录的是散文，第二册收录的是小说和游记，第三册收录的是诗歌、戏剧和书信。以书目文献出版社的《石评梅作品集》为底本，编者又深入图书馆查找、补充，大体按作者写作时间先后排序，并以作品内容的相关性为原则进行了重新整理。个别词语加了注释；有关发表的报刊情况，如是第一次出现，也在题注中做了简要介绍。

编者董大中，一级作家。先后出版有《瓜豆集》《敲门集》《赵树理年谱》《赵树理论考》《鲁迅与林语堂》《鲁迅与高长虹》《高鲁冲突》《孤云野鹤之恋——高长虹爱情诗集〈给 ——〉鉴赏》《鲁迅与山西》（合著）等。在鲁迅、赵树理、"狂飙社"及高君宇、高长虹等的研究领域有显著成绩。

北岳文艺出版社

2017 年 10 月

前　言

石评梅（1902—1928），山西平定人。现代著名诗人、作家。本名汝璧，乳名心珠，评梅是作者自己后来起的笔名，因喜爱梅花而得名。其他笔名有蒲侬、波微、漱雪、冰华、微子、漱玉等。其父石铭，字鼎丞，清末举人，曾在一些县担任教谕等职，1902年2月起参加筹备成立山西大学堂，为管理员，以后到山西省立教育图书博物馆工作，直至退休。

石评梅生性聪慧，自幼跟随父亲在太原读书。父亲对评梅要求很严，晚上没有读到规定的字数，不得睡觉。石评梅的好友、著名女作家庐隐说："这时候她的学识和思想，都有长足的进步；再加着家庭教育的关系，所以她在学校里那功课，比一切的同学都好；每一次考试必列前第，而且她也很有干才，每逢学校里开会，她总是主持一切的一份子。她的性情很喜欢音乐，弹得很娴熟的风琴。她在各方面都能出人头地，自然她的声誉很高，她省里的人，都认她是一个才女。"（杨扬编《石评梅作品集·戏剧　游记　书信卷》第186页）

1919年夏，石评梅考入北京女子高等师范学校，因那年中文不招新生，她报了体育系。

毕业后，因为学习成绩优秀，作风正派，有很强的工作能力，北京高等师范附属中学校长林砺儒，通过女师大校长许寿裳，聘石来校担任女子部主任兼体育教员。林砺儒欲行改革，对师资要求"德性、技术、才干三项并重",石评梅来后勤勉工作,果然不负所望,林校长感到满意。1927年石评梅兼任国文教员,同时在女一中、若瑟、师大等几个学校担任教职。庐隐说:"……评梅自民十二到附中任女子部主任以来,一方面她用一种理智的指导法,来指导她们,一方面用一种坦白热烈的真情来感化她们。所以学生们对她,不是怕而守规则,而是心悦诚服的……"一直到逝世,石评梅正式的职业都是教书。

石评梅于1921年末开始发表作品,以诗和散文为主,也写过不少小说。最初在山西大学《新共和》杂志和北京《国风日报》的《学汇》专刊发表,后来向《晨报》和《京报》等报的副刊投稿,都被选用。石评梅跟几个同学、朋友成立文学社团"蔷薇社",共同研讨、切磋。1924年底,由石评梅、陆晶清、司空蕙等以"蔷薇社"名义编辑的《妇女周刊》在《京报》附出,石评梅写了《发刊词》。《京报》当时办有七个附刊,每天一个,一周轮流一次。深受大家喜爱。

就在这期间,石评梅的作品引起鲁迅的注意,两人建立了友谊。1922年2月,俄国盲诗人、世界语者爱罗先珂来到北京,住在八道湾鲁迅家中。这年12月24日下午,爱罗先珂应邀到女高师做《女子与其使命》的报告,鲁迅陪同,石评梅听了这次报告,但两人没有交往。1923年夏,石评梅从女高师毕业,十月,鲁迅被聘在女高师讲授小说史和文艺理论课程,两人错过同事的机会。好在1924年1月师大附中"校友会"邀请鲁迅来校讲演,讲题为《未有天才之前》,"校友会"主席山西人李健吾请石评梅来听讲,使石评梅跟鲁迅得以相见。石评梅约鲁迅给她的《妇女周刊》写稿,鲁迅的名篇《寡妇主义》就刊载在 1925 年《妇女周刊》周年纪念号上。在"女师大事件"中,鲁迅带头跟章士钊一伙人斗,冲锋陷阵,不遗余力,石评梅给予有力支持。"三一八惨案"中牺牲的刘和珍、杨德群二位烈士,既是鲁迅的学生又是石评梅的学友,鲁迅写了悼念文章,石评梅同样写了悼念文章。他们是站在同一条战线上的战友。1926 年 8 月 26 日鲁迅偕许广平南下厦门,到车站送行的有十多个人,其中就有石评梅。以后鲁迅跟许广平通信,多次说到石评梅主编的《妇女周刊》。《两地书》有真切的记载。

《妇女周刊》停办后,石评梅又在《世界日报》主办《蔷薇周刊》,发表她和朋友的稿件,继续她们的文学生命。

石评梅是"五四"以后我国出现的第一批为数不多的著名女作家之一。她以现实主义手法,深入到家庭,对普通女子的生活做了多侧面、全方位的扫描,对她们的不幸命运表示了同情,抒发了浓厚的人道主义情怀。

石评梅作为一个女性,把她的笔触伸向家庭,着重写妇女,有其必然性。人有性别之分,出于分工的需要,男子主要从事生产活动,女子则从事生儿育女和家务活动。自从人类社会进入男权主义以后,女子的地位骤然降低,她们的悲惨命运就开始了。旧社会"男尊女卑"的思想长期存在。女子依附男人,就失去了作为独立的人所应有的品格,她们命运如何,在很大程度上决定于依附的男人和那个家庭的女主人,即婆母。女人只有统治更低一级的女人,才能显示自己的权威,所以到了三十多四十岁以后,自己当了婆婆,女人才会真正过人的生活。许多女子在"熬成婆"之前就断送了性命。

这种情形,在石评梅作品中有很真切的反映。《弃妇》说,表哥走后,表嫂"服毒死了"。《白云庵》写一个十六岁的姑娘叫梅林,是"嫂嫂的丫头","投湖死"的。《狂风暴雨之夜》写父亲报告的消息:"说到周死了……她那活泼的倩影,总是在我眼底心头缭绕着。"《董二嫂》是在丈夫不断毒打下生活的,她跟其他女人一样是无抵抗主义者,只有忍受,不敢反抗。她曾做过"十年媳妇熬成婆"的梦,可是残酷的现实是,在她距离"熬成婆"还有很多年的时候就"死了!不过像人们无意中践踏了的蚂蚁,董二仍然要娶媳妇,董二娘依旧要当婆婆,一切形式似乎都照旧"。

描写这样的生活,必然使作品满布沉郁的调子和悲凉的气氛。写于1922年10月的《葡萄架下的回忆》,本应是一篇充满明丽色彩的抒情散文,可是我们读这篇文章,总是沉浸在忧伤之中,"生命中那一片碎锦"也被秋天的风吹散。作者写到社会:"虚荣的名利,驱使人牺牲了天良,摧残了个性,劳碌着把自己的躯壳做成个机械去适应社会——环境,并且要自相残杀流血漂橹。到那白杨萧萧杜鹃哀啼荒茫苍凉中都一样的藏身在一抔黄土之下。回忆起来,不过在人生途中,做了一个罪恶和不觉悟的牺牲!"作者写到梅影,是跟作者一样的才女,用的调子不仅低沉,还有伤感和哀怜。"眼前出现过极美丽的景象",可都是一刹那。其他,如《漱玉》《素心》等都是如此。

石评梅的作品一直吸引着读者,跟它着重写女性、写家庭有关。家庭生活、女子的生活大都属于人类"内部生活",它们表现出来的,通常是各个国家、各个民族的具体生存状态和习俗,而不是制度。制度可以随时发生变化,有时候变化的幅度非常大,可说是天翻地覆,天崩地裂。习俗的变化非常缓慢，有的习俗历千百年而依然保持原貌，或只有部分，或缓慢的改变。另一方面也要看到，在阶级社会，这些家庭生活往往是阶级斗争的一种特殊的形式，是它的一个侧面。石评梅所写几个年轻女子早早死去，她们都处在社会的底层，是受压迫的，不是给人当丫头，就是过着吃不饱穿不暖的穷困日子，这就是阶级斗争。更多的人是受"男尊女卑"思想毒害造成。男尊女卑属于封建道德、封建意识，是需要彻底根除的。石评梅描写这些生活现象，真实地揭示了中国封建社会的本质。五四新文化运动中提出妇女解放的口号，针对的就是这种东西。

大约 1923 年春天，正当石评梅事业有成、创作处在兴旺阶段的时候，石评梅在山西同乡会上跟山西最早的一位共产主义战士高君宇相识，以后进入恋爱。在长达两年的时间里，高君宇苦苦追求，要求进一步发展他们已有的关系，石评梅却陷入左右为难之中，没有痛快答应。高君宇忙于革命事业，积劳成疾，曾经吐血，1925 年 3 月 6 日早晨，因病猝然逝世。这给石评梅一个巨大的打击，为她的创作增添了更多、更深沉的悲凉色彩，把她的创作推向新的高潮。

高君宇逝世以后，她由描写他人转为表现自己的痛苦，解剖自己的心灵。石评梅"肠断心碎泪成冰"。她"痛恨自己，诅咒自己"。她恨自己"铸成了不可追悔的大错，令爱我的 k 君陷于死境"。

石评梅认为救赎自己罪责的唯一办法，是一并走进坟墓。她说她"每想到宇时，就恨不立即死去……我只想死，我想到自杀"。《扫墓》说："人生，来也空，去也空，／匆匆忙忙为了甚？／我在梦境里捕捉住一颗心，／残影永留在心中；／永留在心中，直到我也走进坟茔。"死的两个比较文雅的说法,是"自戕"和"殉尸",她都写到了。《涛语》说她"常想毁灭生命,锢禁心灵",说她"捡着一个金戒指,翻过来看时这戒指的正面是椭圆形,里面刊着两个隶字是'殉尸'"。致袁君珊信说:"朋友,今天我恍然又悟到自戕的可怜,我还是望着明月游云高歌痛哭罢!"死成了她的梦想。追求死亡成了她生命的主旋律。

石评梅本来就已写出了人间的多种悲剧色彩,现在加上她自己的惨痛遭际,真正创造了一个悲情世界——对亲人的悼念。这个悼念是典型的,也是深刻的。石评梅有关高君宇的一系列文字,那样完整,那样深刻,那样感人,是中国文学史上同类作品中很少见到的,仅这一点,就使她在文学史上占有独特的地位。石评梅作品可用两句话概括:满纸辛酸泪,苦情好文章。

石评梅短短一生,留下许多谜语。最大的谜是高君宇苦苦追求她为什么不答应。曾有人为解开这个谜语,做了一些推测,其实是不得要领的。真实的原因是石评梅在向高君宇写了第一封信后不久,也就是三四个月吧,她的老父石铭先生为她选择了东床佳婿,也姓高,也是山西省立第一中学学生,叫高长虹。当年听说过高长虹、石评梅的知识青年,像张稼夫、张磐石、张恒寿、高沐鸿等人无不知道,高长虹和高君宇不仅是同学,而且是"情敌",这是当年他们的用语,不是现在提炼出来的。高君宇是石评梅自己选择的,高长虹是跟老父在一起工作而为老父看上的。石评梅在《靖君》中说:"靖君,我哭你同时也是哭我自己,我伤感你同时也是伤感我自己。我如今也是情场逃囚……心上插着利剑,剑头上一面是情,一面是理……我的爱情是坚贞不渝的,我的理智是清明独断的,所以发生了极端的矛盾。为了完成爱情,则理智陷于绝境,我不愿做旧制度下之叛徒。为了成全理智,则爱情陷于绝境,我又不愿做负义的薄幸人。这样矛盾未解决前,我已铸成了不可追悔的大错,令爱我的 k 君陷于死境……"这段话的意思很明显,情与理的冲突是石评梅心灵上最大的痛苦,是她难以委决的根本原因。如果违背老父的意愿,迁就了"情"的一面,就是不合于"理",失了孝道;说"我不愿做旧制度下之叛徒",所谓"旧制度",就是"父母之命,媒妁之言"。如果遵照老父的意思办,就等于抛弃了"情",挫伤了她深爱的高君宇。如果不了解石评梅跟高长虹这一段"情史",你又如何能够读懂《靖君》中这一段话呢,如何准确理解石评梅在高君宇苦苦追求下却不答应的真正原因呢?

1928 年,石评梅也因患急病而猝死。

石评梅短短七八年的创作生涯,可以分为三个时期。第一个时期是最初三年,主要描写自己身边的人物和生活,基调是沉郁、忧伤,慨叹人生的不幸。第二个时期是 1924 到 1926 年秋冬,那是由高君宇出现在她的生活中和骤然离去给她带来的种种意想不到的感情的冲击,基调是痛苦。1926 年 10 月、11 月,是石评梅思想斗争最激烈的一个时期。在此之前两个月,她写了《再读〈兰生弟的日记〉》,表示了她不再嫁人的决心——她这个决心既是向所有男人表示的,更是向这个时候用一篇又一篇情诗向她献媚的高长虹表示的,而高长虹知道了她那个决心,就在被人们当作"攻击鲁迅"的"月亮诗"里,发出了要她"住口"的呼吁。

那几个月里,石评梅写了《缄情寄向黄泉》《狂风暴雨之夜》《我只合独葬荒丘》等几篇重要文章,记录了她思想的波动。她对生命有了新的认识。她说,生命不是肉体和骨头,而是它的意义和价值,是它带给无数人的好处。这样的生命是圆满的,而"圆满生命是不能消灭,不能丢弃,不能忘记;换句话说,就是永远存在"。她对高君宇的灵魂说:"自你死后,我便认识了自己,更深的了解自己。同时朋友中是贤最知道我,他似乎这样说过:'她生来是一道大江,你只应疏凿沙石让她舒畅的流入大海,断不可堵塞江口,把水引去点缀帝王之家的宫殿楼台。'"贤——她名叫乃贤,姓邵——是著名报人邵飘萍的女公子。石评梅决定,用自己的生命写一首伟大的诗。

最能表现石评梅后期真实想法的是《噩梦中的扮演》。文中写道:"我流浪在人世间,曾度过几个沉醉的时代,有时我沉醉于恋爱,恋爱死亡之后,我又沉醉于酸泪的回忆,回忆疲倦后,我又沉醉于毒酒,毒酒清醒之后,我又走进了金迷沉醉五光十色的滑稽舞台。近来我整天偷功夫到这里歌舞欢呼,终霄达旦而无倦态。"这篇文章说明,在这一时期,石评梅的思想处在混乱中、迷茫中。她曾经绝望过,曾经疯狂过。她对生命的久暂已不在意。她没有走上革命道路,她只是产生了游戏人生、玩弄人生的态度。

石评梅是"五四"以后我国出现的第一批为数不多的著名女作家之一。她观察生活细腻,描写深刻,语言婉转、生动、流利,创造出许多美好的意境。石评梅作品提出了如何正确对待女子、如何把妇女解放进行到底的问题,值得深思。

石评梅用生命谱写了一支人生悲歌。由于她着重描写人类内部的生活,描写家庭,描写儿女情长,她的作品在长时期里为人们所喜欢。由于她在现代跟传统的搏斗中偏重在传统一面,思想守旧的人也可以接受她的作品。她写人们的痛苦,特别是女子的痛苦,到无人可以超过的地步,她创造的这个文本永远不会失去光辉。石评梅的作品有很强的艺术性。她在文学史上的地位是不应该抹煞的。

由于所受家学影响及其他原因,石评梅思想上存在着新与旧、情与理等多重矛盾,作品中常常表现出复杂的感情和意识,是那一时期青年人现代性意识跟传统文化碰撞的具体表现,具有很大的典型意义。

石评梅写作各种形式作品在一百五十篇(部)以上。作者生前没有结集出版过,1928年逝世以后,由黄庐隐、陆晶清等友人编成《涛语》和《偶然草》两本集子,主要收散文,分别由上海神州国光社和北平华严书店出版。华严书店是庐隐、陆晶清等几个朋友办的,《华严月刊》也是他们办的;《华严月刊》发表了石评梅最后一批作品和给几位朋友的书信。他们还编了一本《石评梅的日记》,未能出版,原稿已不知下落。新时期出版版本很多。本书尽量收录所能看到的全部著作。

董大中

2017年10月

目 录

诗歌

戏　剧

书　信

诗　歌

夜 行①

（一）

凉风飒飒，

夜气漾漾，

残星灿烂，一闪一闪的在黑云堆里；

松柏萧条，一层一层的在丛树林中。

唉！荆棘夹道，怎叫我前进？

奋斗呵！你不要踌躇！

（二）

行行复行行，

度过了多少黑沉沉的枯森林，

经过了无数碧草盖的荒冢，

万籁寂寞美景遁隐，

凄怆！凄怆！

肮脏的环境，真荒凉！

（三）

车声辚辚，好像唤醒你做噩梦的暮鼓晨钟！

萤火烁烁，好像照耀你去光明地上的引路明灯！

你现时虽然在黑暗里生活，动荡；
白云苍狗，不知变出几多怪状，
啊呀！光明的路，就在那方！

（四）

哦！一霎时，青山峰头，拥出了炎炎的一轮红光，
伊的本领能普照万方；
同胞呀！伊的光明是出于东方！
你听那——
鸟声喈喈，不住的叽叽！咋咋！
溪水曲径，不断的湫湫！潺潺！
你看那——
山色碧翠，烟云弥漫；
田舍炊烟，一缕一缕的扶摇直上。
呵！
美呵！
自然的美呵！
我愿意和它永久生长。

【注释】

① 原载山西大学《新共和》第 1 卷第 1 号（1921 年 12 月 10 日出版），署名评梅。

一瞥中的流水与落花①

（一）

欢乐的泉枯了，
含笑的〔花〕萎了！
生命中的花，已被摧残了！
是上帝的玄虚？
是人类的错误？

（二）

曲水飘落花，悠悠地去了！
从诗人的脑海里，
能涌出一滴滴的温泉，
灌溉滋润那人类的枯槁——干燥。

（三）

曲水飘落花，悠悠地去了！
从诗人的心田里，
发出一朵朵绯红的花，
去安慰凄凉惨淡的人生。

（四）

流水寂寂，

落花纷纷；

何处是居停？

自然界一瞥中的安慰，

默默无言地去了；

在诗人脑海里，留下什么镌痕？

（五）

明媚的春景，

只留下未去的残痕，

青年人的心，一缕缕的传着，付与春光吧！

（六）

烂漫如锦的繁华，

一瞥，

朋友们的兴奋又受打击；

流水落花是生命中的踌躇。

进行呵！

空掬伤春泪，难挽回落花流水辞春归。

【注释】

① 原载《新共和》第 1 卷第 3 号（1922 年 12 月 24 日出版），署名评梅，并注"子兴投寄"。按，子兴为新共和学会出版股新任经理苏凤祥别号。苏凤祥，平定县人，法科政治学校毕业，也是文艺爱好者，有诗在该刊发表。此诗当由作者托苏带到编辑部。

疲倦的青春①

疲倦的青春啊，
载不完的烦恼，
运不尽的沉痛：
极全身的血肉，
能受住几许的消磨？

天公苦着脸，
把重重叠叠的网都布好了？
奋斗的神拿鞭赶着：
痴呆的人类啊，
他永不能解脱？

缠不清的过去，
猜不透的将来？
一颗心！
他怎样能找个恬静的地方？

凭一时的春，
扶持不住永久的人生；
严厉的风霜逼着，
冷峭的冰雪浸着；
眼看着沉溺在暴风的威权下！

疲倦的青春啊！

你心幕内的繁星闪烁，

蕴藏着温柔之光！

闪耀着爱神的华！

一九二二年十月二日。

【注释】

① 原载北京《国风日报》的《学汇》专利第 3 号（1922 年 10 月 12 日出版），署名评梅。《国风日报》为几个山西人创办，后归景梅九。《学汇》专刊每天都有，发表各种形式作品和翻译、论著，是当时国内无政府主义者的一块重要阵地。

春之波①

春之波在爱之河荡漾着，人类的宝贵者，他乘着光阴的船驶行了；只留下碧蓝的幕上，镌着一轮皓月，照着那梨花树叶——一缕缕含着蕙风的颤动。她跪在那清净寂寞的天心下，倾她心里所有的，贡献于上帝。她祈祷那汹涌澎湃的怒浪巨波，不要覆了她幸福船！

白绫船的泉水，滚着浪花，由山崖冲出的时候，他不回顾那亲爱的川渊，只带着他洁净的本质，悠悠地去了，沉闷的诗人啊，把伊郁结的心血，都化作了泪泉一滴滴的从眼腔内滚到那清冷的泉心，泉心振动了，皱着眉头说："这是人类苦痛的余沥，我愿意拿欢乐之泉洗净他。"

一片一片红花瓣，辞了她亲爱的枝柯，落在地上的时候，她心里很舒服逍遥底随着风儿飘荡，任那水去浮沉；她不希望锦囊收艳骨，涛笺吊孤魂！花开花落，她一任天公。但沉闷的诗人啊！从他心灵中搏动的余韵，知道他能安落花之魂吗？牡丹啊！你艳红的腮儿上，沾了谁的泪痕？当她驻了足，拿心灵的碎片，要问她的时，他的泪又洒在伊的腮上。

一九二二年十月二日。

【注释】

① 原载《国风日报·学汇》第 6 号，署名评梅。

红叶的家乡①

在深山的岩上
拣了一片红叶，
    把清泪洗它的泥迹，
        鲜血染它的颜色；
    一缕缕的愁思
      都付与它。
      郑重地系在燕儿脚上，
        任它去天涯飞翔。

明皎的天空
      笼罩着五彩云峰，
        照着一片茫无边涯的沙漠。
月儿很惨淡地望着……
      一只白的燕儿
        在沙漠里呻吟着，
          红叶枯萎在它的脚下！

唉！燕儿留下了终身怅惘！
      寻遍了天涯，
        不知红叶送归谁家？
飞过了无数的青山，
渡过了许多碧泉；

曾在秀媚的峰头望着，

　　浓荫的林中待着；

但找不到何处是红叶的家乡！

红叶的香也消沉了！

红叶的色也枯萎了！

燕儿毙在沙漠上，

　　　没有青山凉泉，

　　　更无香草解花！

月儿也黯淡了！

风声也凄切了！

　　黄沙做了墓田；

　　饿鹰发出了悲哀的呼啸！

朋友呵！

　　人间的遗恨

　　　岂止燕儿找不到红叶的家乡？

沙漠之一片黄沙，

　　　就是红叶的故乡！

痴呆的人类呵！

　　枯萎的黄叶

　　　原本是绯艳的红叶呵！

一九二三，西子湖畔。

【注释】

① 原载《诗学半月刊》第 12 号（1923 年 9 月 14 日出版），署名蒲伈。

谁的花球

（一）

昨夜：
银彩洒满我的睡魇，
像母亲的柔荑抚着我安眠。
忽然！
听见天鹅振翅的声音，
仿佛有人悄悄走过窗前。

（二）

我轻轻下了床，
向碧纱窗上望外看：
只见寂静的树枝，
随着风儿颤；
只见斑驳的花纹，
死卧在檐前；
莫有个人影！
莫有些儿声音！

（三）

今天：
我背起囊儿，
要捡收萎落的花瓣：
推开门，
发现了一个花球在我门前！
她是红玫瑰围着一圈紫罗兰。

微细的回音①

十一月二十四号敝校请爱罗先珂讲演《女子与其使命》一题,我觉得他温和的态度,诚恳的呼声,使我心中反应出一种微细的回音,我不愿摧残我一时的心潮,写出以博我心灵的安慰!

月色迷蒙,
一层淡红的幕纱罩着;
她拖着雪色的披纱,俯着头,
伏在荒芜黑暗的花园里祈祷着!
她的泪洒活了自由花!

她仰起头啊! 望着碧苍的天,
隐隐微细的呼声,
欲唤醒沉沉数千年的同胞,
和恶魔奋斗!

她说:
朋友啊!
在荒芜纷靡的花园内,
荆棘布满的小径里;
鹰搭了巢! 蜂做了窝!
我们的生命是怎样痛苦啊?
呻吟在地狱生活的同胞! 胜利的魔鬼狞笑!

朋友啊！
在黑云阴霾的夜里，
灿烂的繁星，
缀成了光明的烛球，
照着那美丽的花园。
朋友啊！
拿你的血泪去改造粉饰那荒芜的花园。

朋友啊！
假如你遇见些活泼安琪儿，
你怎样安慰她呵？怎样导引她呵？
我相信宇宙间，最快乐欢欣的。
是我把上帝的心，告诉我可爱的人。

朋友啊！
记着！
在小朋友烂漫天真的灵魂里，
告诉他：
"世界是我们的摇篮，人类是我的母亲。"

朋友呵！
记着！
在小朋友洁白无尘的脑海中，
你指引着：
航着生命之楫，
摇着幸福之橹，
在波涛汹涌的生命流中，

燃两支爱真理爱自由的红灯——照着——
前途的成功建设！

【注释】

① 原载 1923 年《晨报附刊》,署名评梅。

模糊的心影①

春波微荡着，
人类所宝贵的乘着光阴的船儿驶行了！
只留下碧蓝中拥护的皎月，
照着那憔悴的梨花，
一缕一缕含着那惠风的颤动！
她披着白色的肩巾，
伏在那清静寂寞的天心下，
　　馨她心里所蓄的，
贡献于上帝；
祈祷那汹涌的怒涛，
不要了她……和人类共搭乘的幸福船。

白绫般的泉水滚着浪花冲出去的时候，
不问那下流的阻礁和污浊，
带着他那清净的本质，
悠然地去了！
沉闷的诗人呵！
玫瑰艳红之心哟，
如茶如火之情哟，
都化作点滴的泪珠，直滚到那清冷冷的泉心里。
微波振荡着，仿佛说：
"人类痛苦之余沥呵！

命运之神的成功啊！”

落花在亲爱的枝头，
终于抛弃了；
随着风去飘泊，
任那水去浮沉；
他何曾希望锦囊收艳骨，
涛笺吊香魂。
在沉闷的诗人之心魂里，
已充满了人生辛酸,懦弱的小心呵！
伏在花旁呜咽了！
在惨淡的生之幕内,闪耀着些些微光！
花之魂耶？
诗之神耶？

密密的林阴，
浓浓的花影，
回旋着悠扬悱恻的哀音，
轻轻笼罩着和暖的惠风，
看哪！
不幸的梨花,坠在地上终于尽了生之期呵！
不尽的余香,犹在枝头芬芳，
不尽的余音,犹在枝头绕着。
命运之神呵！
在梨花灿烂的香魂里，
已把懊恼的灰色网与她罩上。

诗人在静默的夜里，

银光团团拥护着，

终于为使命而祈祷了！

艺术之神呵！

在沙漠般枯寂的园里，

太荒芜了！

在你的花篮里，散几朵艳红的花片；

在你的露瓶中，洒几点香润的甘露；

将来你能看到：

青年之光的灿烂！

青年之光的美丽！

诗人倦了！

心灵飞进花丛中舞蹈！

嗅着那紫罗兰的香魂。

沉沉如醉！闷闷地睡去！

【注释】

① 原载 1923 年《晨报副刊》，署名评梅。

京汉途中的残痕[①]

人生都付在轮下去转着，
谁能找到无痕的血泪啊！
命运压在着满伤痕的心上，
载着这虚幻的躯壳遨游那茫茫恨海！

别离是暗淡吗？
但斟清泪在玛瑙杯内，
使她灌在那细纤柔软的心花里，
或者能把萎枯的花儿育活？

攘攘底朋友们，
痛苦的胁迫，
都在心的残处浮着。
痛苦啊，
你入不了庄严的灵境！
在坦荡、清朗的静波里，
没有你的浮尘啊！

呵！
夜幕下是何等的寂寞萧森哪！
憧憧的黑影，
伴着那荒冢里的孤魂。

尘寰中二十年的囚佣啊！

那一块高峰！

那一池清溪！

是将来的归宿哟！

在永镌脓血的战地，

值得纪念吗？

我只见鲜血在池中涌出！

我只见枯骨在坟上蠕动！

恨啊！

在这荒草中何能瞑目！

朦胧的眉月，

分开那奇特的云幕，照着这凄惨的大地。

月中的仙子哦！

可能在万象肃静中，

抚慰那睡着的爱儿，

在脓血里，洒一把香花，

在痛苦里，洒一掬甜蜜之泪？

咳！

月儿也黯淡了，

泉声也哽咽了，

只闻着——

荒山中的惨鸣，

烂桥下的呻吟！

梦吗？

玉镜碎了，

金盆化了，
杜鹃为着落花悲哀了！

地上铺着翠毯，
天上遮着锦幕，
空中红桃碧柳织就了轻轻的罗帐。
江畔白鹅唱着温柔的睡歌。
何日能这样安稳地睡去啊！

黑暗中的红灯呵！
萤耶？
磷耶？
像火球似的缀起来，
簪在我的鬓傍；
把浓浓的烟在空中浮着，
将这点热力温我这冷冰了的心房。

叫我去何处捉摸呵，
她疾驰的像飞燕一般掠过去！
你既然空中来的无影，
空中去的无踪，
又何必在人间簸弄啊？

我想乘上青天的彩虹，
像一条破壁的飞龙，
去追那空泛的理想去；
但可怜莫有这完美的工具啊！

我扶在铁栏杆望着那夜之幕下的风景，
在黑的幕上缀着几粒明珠的繁星，
惨惨地闻着松林啜泣，
呼呼地听那风声怒号，
我的心抖颤着，
"宇宙之阴森呵！"

清溪畔立着个青春的娇娃，
收地上的落花撒在流水里荡着；
恰好柳丝儿挂住她的鬓角，
惠风来吹拂在肩头，
她微嗔着跑去了。

烂漫天真的女郎呵！
我愿化作枯叶任你踏躏，
我愿化作流云随你飞舞l
悲哀的心，
只有这样游戏罢！

孤独者呵，
在沉闷中谁吹着角声？
我愿在这暖暖的幕下，
寄寓我这萍蓬呵！
同情心的花太受摧残了，
我哭着我的前尘后影；
但梦境呵，
依然空幻！

当我梦境香浓的时候，
江南的画片，
印入我的残痕。
这生命的历程啊，
在枯叶上记下哟！

五月二十日，武昌女师范。

【注释】

① 原载 1923 年《诗学半月刊》，署名评梅。

我愿你①

当我按着心潮，
伏在铜像下祈祷的时候，
惠风颤动的桃花，
像你含笑的面靥，
高悬穹苍的眉月，
似你蕴情的秋波，
蓊郁林中的小鸟，
宛如你临纸哽咽的悲调；
暮霭笼空时的红霞落日，
描画出故人别后的缠绵呵！

我诚意地祈祷了，
仁爱的上帝呵！
我仅仅是个最小的希望，
我愿你如那含苞未吐的花蕾，
不愿你如那花瓶中的芍药受人供养；
我愿你做那翱翔云里，
夷犹如意的飞鹏，
不愿你像那潇湘馆前，
黄金架上的红嘴鹦哥；
我愿你宛如雪梅的清高，
蕙兰的幽香，

在你生命之花灿烂的时候，

阳光永远照着！

生之期内，

朋友啊！

我愿为你时时祈祷着；

庄重的山庙，

澄清的瀑泉，

野鹤孤云的闲散呵！

自然之美与你造理想之园，

人类之爱与你建创造之路。

那时你或者晓得，

宇宙之孤独者，

群众之抛弃者；

曾将他自己的血泪，

洒在你生命花上。

一九二三年，四，八，评梅。

【注释】

① 原载 1923 年《晨报副刊》，署名评梅。

别　后①

在沉默肃静的夜之幕下，
花影披离，
馨香飘浮；
映出那过去的幻影闪烁着！
迷离恍惚中，
我绊着柳丝儿，
回味那人间的酸辛，
猛忆起往年的旧痕。

皎皎的明月，依然照着茜窗；
婀娜的人影，依然印在墙上；
未眠稳的黄莺儿，依然在枝上啼着，
听何处送来的，
低回小吟，
悠扬琴声？
猛感到别后的怅惘呵！

生命之花同时灿烂芬芳的时候，
命运之神呵，
在未来的光辉里，
闪烁着懊恼的残影，
笼罩着人间的悲哀！

忆哪!

黑云阴森的夜景,

光明的烛珠在沉沉的幕下燃着!

银涛起伏中,

载着幸福之船航去了!

那时我忍了一腔热血,

一松手把幸福之楫抛去,

人间的失望呵,

成了群中的遗物!

忆哪!

清风飘荡着花香,

皎月彩映着人影。

旧痕永镌呵!

那时我忍了一时的悲哀,

把系在枯枝上的心摘下,

埋在那白云笼罩的红梅树下。

总可以大声地痛哭呵!

为了不能发泄的酸楚!

在别之后,

但一把麻木的神经,

付与命运之神手中了。

梦中的追忆,

或有时能模糊地现出那淡淡底影,

深深的痕,

在你心底反映中……

一九二三,四,三,北京女高。

【注释】

① 原载 1923 年《晨报副刊》。

罪恶之迹①

同情之泪呵，
我不禁为人类而洒！
罪恶之迹呵，
我不禁为人类而悲！
压在心尖上的雁儿，
终于为了宣传正义．
飞在空中狂呼了！

浓浓的花荫下，
密密的草地上，
我常看你为了人生沉吟着！
墨云似的发披肩；
新月似的眉如画；
在春之园里，
你宛然像一枝向阳玫瑰花。

我傍着花慢慢地走过去。
恐怕我的裙角，
飞吓你的幽思；
心中蓄满了的爱慕和敬仰，
只可在我的灵府供养，
不愿在你面前张扬。

为了创造新文化，
为了建设新国家，
为了警觉沉睡的同胞，
为了领导迷途的朋友，
我情愿伏在你的裙下，
求仁爱的上帝挈助你。

光明的使者，
微笑张臂地欢迎你；
幸福的使者，
将意园备好招待你；
他们把一把锄与你，
开辟那文艺的田地。
一副担与你，
肩起那一生的命运。
在你娇小的躯壳上，
有怎样大的希望呵？

你似紫罗兰，
你似白丁香，
在生命之园里，
你前途是何等的光明、灿烂、芬芳！

但我不忍说了——
终于使我失望！
终于使我心伤！
是人类永久的悲哀呵？
玫瑰花，

紫罗兰，

白丁香，

无端受了暴风雨的摧残；

捡起来供在恶魔的几上，

折下来簪在恶魔的襟上，

一切……一切……都牺牲了！

堕落在不可施救的深渊。

不幸呵！

堕在数千年布好的旧网，

染遍了污浊，

传尽了网罗，

懦弱哟！

你终于为炫目的虚荣战败了，

你终于为虚伪的爱情牺牲了。

在黑沉沉夜之幕下，

恶魔狞笑着，

小小……的魔术，

将空中翱翔的鸿雁，

消灭了万里鹏程愿，

可怜呵！

人类的罪恶，

将鲜花揉碎，

装他的辉煌。

陷阱布满了人间，

罪恶都隐在心尖——

白云遮不尽，

血泪洗不清！

心灵上的伤痕是多么深呵？

我爱慕敬仰的朋友呵！

"莫能助"吗？

"命运"吗？

这是懦弱自掩的话！

总之朋友呵！

我不为多才多艺的你吊！

我要为云雾沉沉的女界吊！

一九二三，四，二十八，北京女高师。

【注释】

① 原载 1923 年《晨报副刊》。

陶然亭畔的回忆①

淡淡地梦中，
　　常映着过去的残痕。
当晚霞射在纱窗上的时候：
　　生命的图画终难拒绝的涌现了，
　　——在笔底涌现了。

　　"春"呵！
　　我终于说不出：
那时池水的波荡漾的是"春"，
枝头的鸟歌舞的是"春"，
　　柳梢头传来了"春"，
　　花蕾中蓄满了"春"，
司春的神布了那灿烂的春之幕，
　　　散着那芬芳的春之花，
　　　歌着那婉扬的春之歌。
　　在过去"春"的历程中，
　　　感想着无限的"春"。
亭台依稀去年，
只添了窗外一池碧波，
坝头口一株新柳；
风吹着片片桃花，
　　散在我的襟肩。

不知道

我的心灵寓在那一片？

陶然亭畔，

鹦鹉冢旁，

浅浅的草印着我的足痕，

浓浓的花遮着我的幻影。

他年回忆，

梅啊！

招魂兮何方？

黛翠的山，

都漫在白云的怀抱里：

晚霞照在野花的颊上，

凝眸微笑着。

但他年花萎，泉枯，

他的心埋在何处？

一九二三，四，十八，北京女高师。

【注释】

① 原载 1923 年《诗学半月刊》，署名评梅。

碎　锦①

（一）

在轻微底软松底，
粉色锦绫中，
谁能在薄翼般的纱下，
发现骷髅呵！

（二）

洁白的花蕾中，
何必用玫瑰的颜色点染呵！

（三）

是耶？
非耶？
淡淡的白云，
笼罩着人间的虚幻！

（四）

一只白的雁儿微笑了，

任意地翱翔着。
"归来呵！"
前途的危险，
伏于弓弦了！

（五）

我常愿将我的心花，
藏在鸿雁的翅下；
向云中翱翔去呵！

（六）

一幅黑云迷弥的夜里，
几粒洁白晶莹的小花煽耀着；
在惠风颤动的波中，
嗅那夜来香之芬芳呵！

（七）

心花揉碎的时候，
爱情的火焰终于熄灭了。

（八）

心弦上弹着，
心波中拥着，
在笔尖上涌着那悲哀的残痕！

她的泪在那……花儿上……

命运呵：

"最后的光荣，

赞颂那未来的芬芳啊！"

【注释】

① 原载《诗学半月刊》第 3 号，署名评梅。

流萤的火焰^①

心头堆满了人间的惆怅，
走进了静寂迷漫的夜园里；
借着流萤的光焰，
访那已经酣睡的草花。
暗沉沉呵！
无明月之皎洁，
无繁星之灿烂，
无烛光之辉煌，
蝙蝠在黑暗里翱翔，
朔风吻着松林密语。
踽踽者笼罩在花影飘荡的亭上。
望着云天苍苍，
回忆那人间的前尘后影呵！

"前尘后影呵"，
哪堪回忆！
美艳的牡丹，
变作了枯紫的花片烂埋在地下；
青春的少女，
红粉化作了骷髅；
锦绣般的花园。
他年变了荒凉的古冢！

造物哟！

花儿不常红，

草儿不常青，

徒苦了勤恳的园丁！

香梦正酣的花儿，

可知道荷亭下有人悲恸？

夜寒衣薄，

倚着凄淡的梨花共寂寞！

没个鸟儿来同她共话？

没个虫儿来伴她幽唱？

只闻到风卷涛声，

激荡着宇宙之狂谜，

发挥那人间的激昂。

有这点声息，

我涌血的心房，静静地为自然高唱呵！

当我花心香焚炽的时候，

浓馥的烟云，

沉醉了众花的魂魄；

心之光，

复活了满园地的春色。

夜来香放出馨兰的气味，

诱着浮游的飞萤，

冷死在紫藤上，这是何等的凄凉呵！

留一点余光伴着孤寂的花儿。

她们都怨那流萤！

去的匆忙，

夜来香遗下了终生的惆怅。

她们为他挂起了鱼白色的云帐，

铺花瓣，毡苍苔，

杨柳千条挽他的余芳；

绿荫的松柏支起了灵床，

把飞萤的尸首葬在梨花树旁，

好像梨花的悱恻，

慰他的寂寞凄凉！

花梦醒来．

流萤何在？

人间的落伍者呵！

在夜色迷漫的花里，

幻想着人间的悲哀。

败叶中都包满了尸骸，

痴狂的梦境呵！

流萤呵！

你复活在紫藤上，

把你的光放大来，

人间的罪恶原没有沾染你？

明月的光——皎洁啊；

繁星的光——灿烂啊；

烛光爆开了红花——辉煌啊！

都赞美流萤的复活！

美艳的花枝婀娜着，

悠扬的鸟声歌唱着，

一轮红日捧出，光明了锦绣的花园；

人间的乐园出现了！

缥缈中奏着天乐。

一九二三，六，三，南京莫愁湖畔。

【注释】

① 原载 1923 年《诗学半月刊》，署名评梅。

烟水余影——西湖^①

窗外雨声淅沥——
一缕缕愁丝。
抖起了脑海中的旧痕；
乘着这花香人静的深夜里，
我轻轻地握着管笔儿，
　　在无痕的纸上，
要写这人间的花纹。
眼底涌现着宇宙的神秘，
脑衣摄取着人间的美丽；
笔尖儿刺破了纸儿，
　　依然捉不到，我的话儿；
　　　望着窗上的人影儿，
　　　　案头的花香，
　　　　　沉吟着！

何时，仙宫里坠下碧玉池？
　　神山中飞出灵鹫峰？
　　　尘世的游魂哟，
　　　　要在碧玉池里洗他的心灵！
要在灵鹫峰头换他的真神！

自然能抛了人间的一切！

扁舟渡那滟潋的湖,青螺的山;
宛如西子明眸中的水晶液,
　　挽着那青松的凤凰髻!

烟耶? 雾耶?
　　羽衣翩跹,
轻惠的风在裙底飘着,
缋裳绛纱在峰头舞着,
　　恐仙鹤飞来,
　　　　凌空复归去?

玉磬般的音韵,
　　抑扬湖面,
　　轻波微荡着,
　　　　娇音犹闻"杏花村",
　　　　隔岸渔歌和声轻。

一幅红绛色的云霓呵!
谁撒手为人间搭了渡桥?
　　　　几粒宝钻,
　　　　　　万道金光,
作那照遍人寰的路灯。

月儿呵!
　　笛声中,
有多少泪痕沾胸?
立破残更,犹恋着湖中三潭影,
　　何处玉人?

疏柳中挂着荷香缕缕，

魂耶？神耶？

　　融化在一片空明里。

　　　断桥在清波上横卧，

　　　　雷峰在苍松中孤望，

　　　　　无明月，

　　　　　　无浓酒，

只对着平镜的西湖，

　　咽一些人间的清泪！

乱石堆着，

　　像我心头的沉闷！

苍苔活着，

　　记我旅客的行程；

从那银色皎洁的湖底，

　　看到这古苍巍峨的雷峰！

明月一轮耶，

嵌入碧蓝的天空？

红云一朵耶，

浮在清朗的霄汉？

　　呵！

西子胸头的一粒宝钻！

披了浓黑的面纱，

　　罩着翠绿的绡裳；

　　　由红云的日内，

　　慢慢地进了她的闺房。

　　把一颗夜明珠，

抛在湖心里荡漾着!

我扶着雕栏望着,
　　泉声幽咽,
鸟语喧哗;
一片片红叶由峰顶飘落!
　　飞来峰头的嵯峨,
　　宛似西子襟上的,
　　　一朵千叶莲花!

在虚幻的生内,
　　原可留点余痕啊?
　　　美人的艳迹。
　　　　英雄的伟业,
　　　　　都在淡淡的湖色中映着!

夕阳的余晖,
　　恋着秋墓;
杨柳翘首,
　　似哀神州之陆沉。

细雨漾漾,
湖色微皱,
一层薄薄的烟霞;
　　罩着模糊的翠峦,
　　　把"美"啊!
　　　　留在淡淡的妆里。

雨后的西湖，
　　似淡月下的梨花，
　　　隐约着绡装的美人：
　　　　对着模糊的花草，
　　　　　低徊叹息；
一幅白绫，
斜挂在碧苍峰头；
　　激成了碎玉般的音乐，
　　唱破了深山中的沉寂。

登了葛岭的高处，
　　看哪；
　　翠峰屏立，
　　碧湖环绕，
　　　红旭一轮，
　　　慢慢地由烟雾中涌出；
　　　　映在碧苍中，
　　　　像醉了的西子，
　　　　　两腮微红；

脚底涌现着，
　　白云千万片；
天边横系着，
　　银线一缕缕；
西子的雾鬟云鬓，
尽在我低头一看。

　　烟波千顷，

红莲内藏着白鸥；

依稀啊，

鹤子在空中飞翔，

梅妻留孤屿余香；

梅在魂内？

魂在梅上啊？

处士墓傍，

永志着流芳。

碧水盈盈内，

可有小青的瘦影？

梅花的芯里，

可含着小青的泪痕？

听啊；

夜半啼莺，

哀怨犹自歌长恨。

万岩中的妙境，

渐渐探出去；

落花沉涧，

鸟语落风，

黄白蝴蝶飞翔；

我的灵魂沉醉在红叶堆内。

万峰苍茫，

峭耸嵌空；

洞口涌着暮云，

凝着紫絮；

在炎热的火球中，
这是清凉地。

柳梢头，
寓着我碎了的心片！
竹韵里，
听到我颤动的脉浪！
脚下涌出了云烟；
晓雾抹成了绯霞。

山色湖光，
都卧着默默地睡去。
依稀模糊，
似海上涌现出一座神山！

可爱的湖色啊！
暮云，
晚霞，
都嵌着碧崖翠峦；
在淡淡的烟里笼罩着。

梦中的恋影，
留下深深地嵌痕；
一幅图渐渐地隐去了，
未来的深情，
在湖水漾漾地凝眸中。

一九二三年六月十号，西子湖畔。

【注释】

①原载 1923 年《诗学半月刊》,署名评梅。

残夜的雨声①

一点冰冷的心血，
转着低微的浪音，
在一叶生命上，
又映着惨切的深秋！
朋友呵！
听窗外淅……沥，
想到了篱畔黄菊，
点了支光明的烛——
走出了梅窟。

花下映出我影儿的彷徨。
黯淡的月光——
照出我心中的凄凉，
树荫里落下的雨珠儿。
慢慢地向身上，
那时，
夜莺奏着深秋的挽歌！
篱旁黄菊，
她正在迷惘的梦中。

深宵远远地送来鸡声，
似银铃的摇荡，

惊醒了雨中阶下的痴魂！

执着熄了的烛儿，

回到梅窟。

斜倚着枕儿，坐送残夜；

听窗外芭蕉的滴沥，

梧桐叶满载着秋夜雨，

一声声，

一叶叶，

凄切切滴到天明。

十，十八，北京。

【注释】

① 原载 1923 年《晨报附刊》，署名评梅。

血染的枫林①

我载了很重的忧闷，
低头向深林里走去；
踏着细碎的落叶，
嗅着将灭的余晴；
几缕淡黄的光线，
闪耀在血染的枫林上。

墨云里闪露着一只美丽的眼睛，
她将慢慢地放大，
我们都笼罩在光下；
那时我们只知道，
天空有蔚蓝的锦幕，
白绒的堆花，
染一缕血红似的霞！

血染的枫林呵！
它瑟瑟地喧嚷：
树叶底梢儿抖颤着，
清冷冷的风微拂着；
听呵！
不是春底呢喃？
不是夏底微语？

是秋在喧嚷呵？
园中底花草都静静地睡去，
梦神把一幅秋幕，
遮在酣睡朋友底身上；
那时在迷离恍惚中，
只看到血染的枫林，
一片片红叶遮了大地底凄切！

朋友呵！
你曾做过各种梦，
要春底美丽灿烂中，
夏底花芬绚缦中，
天风底飘飘啊，
海水底滔滔啊！
曾经在生之幕内，
印下浅浅的余痕？
一切呵，
电光似的飞骋去了，
我只洒泪向风中遥送呵！

【注释】

① 原载 1923 年《诗学半月刊》，署名评梅。

母亲的玫瑰露^①

灵魂被梦魇逐出的时候，
我卧在淡湖的绒毡下：
咀嚼着母亲赐给的玫瑰露。
那时雪笼的一枝白菊，
斜对着我微笑！

书案上：
浮着浅灰色的尘埃；
雪莱诗集内：
现了昨夜飘落的——
已被风雨残蚀的桐叶。

猛忆到乡音沉寂，
濡着泪珠儿，
在桐叶上写几句话；
让秋风顺便寄与——
天涯的母亲。

"母亲：
我是昨夜梦里，
由你那温暖怀中，
逸去的小羊呵！

一刹那梦魔送我到梅窟。

谢谢母亲赐给的玫瑰露，
已将孩儿枯干了的肺腑，
烧焦了的心血，
滋润漫泽在母亲的爱里。"
玫瑰露呵？
母亲之爱耶？

【注释】

① 原载 1923 年《诗学月刊》，署名评梅。

迷惘的残梦①

秋风枯萎了美丽的花篮！

我含着别离的酸泪，

将最爱的紫罗兰遗弃在——

春的梦里。

燕儿伏在梁上悲啼了！

这里有素兰的余痕，

晶莹的泪迹；

燕儿伏在梁上悲啼了！

"使命！"

令我离了旧巢，

把人间的余痕都留在梦内。

将振荡的银铃，

曼声低歌，

走向人间！

唤醒那沙漠上沉睡的青年！

指导他去开辟人间的乐园。

灵幻的光流；

惊醒了留恋的残梦；我已换了个生活的花篮！

朋友！
那时金钗叩门，
你挟着素兰的芬芳，
来到了凄凉的梅窟。

一切……人间的一切，
我不知何所憎？
何所爱？
上帝错把生命花植在无情的火焰下。
只好把一颗心，
付与归燕交还母亲，
剩这人间的躯壳，
宁让它焚炽成灰！

纵使"鲜红的血丝，辛酸的泪泉"，
注满了人间的摇篮。
也不过是残梦的虚幻，
能博谁的怅惘——
在枯萎的花篮？

朋友呵！
记忆的灯儿永久燃着！
残梦的余影仍在晃荡！
"明月夜
人静后"，
我将伏在蔓草，
蛛网结成的小亭，
望着晶洁的月儿祈祷！

那时，

亲爱的诗神，

拿他温暖的角，

吹起了希望的火焰！

将草亭梅魂，

燃在金色的光流内。

除了握支破叉的笔儿，

记忆梦中的残痕；

朋友呵！

胸头缀着忘忧草的花球，

手中执着红甘的美酒；

当白云来时，

把魂儿骑在它背上，

飞渡关山望母亲！

　　　　十,二十三,答晶清女士《一瞥中的凄凉梅窟》。

【注释】

① 原载 1923 年《诗学半月刊》,署名评梅。

人间的镌痕①

（一）

我将把彩霞做毡，
白云做床，
静静地卧在渺茫的天空里：
赞祝那一颗尝遍人间辛酸的心，
找到了故乡。

（二）

我提着笔写了几次；
都化作蝴蝶飞去了！
虽然莫有寄予她，
但她心里已有了浅浅痕迹的？

（三）

一幕剧完了，
人都纷纷找归宿去，
但我呢？
在生之路上只踽踽而怅惘呵！

（四）

她送了我一束白丁香，
我将簪在鬓旁？
我将挂在襟上？
昨夜我悟到了！
把她埋在园中的地下。
我不忍看她枯在我鬓旁，
死在我襟上：
宁使在地下做她的美丽迷惘之梦；
何必定受人间的枯萎啊？

（五）

心血未枯竭，
将握着这破叉的笔头，
在无痕的纸上，
画人间的泪痕。

【注释】

① 原载 1923 年《诗学半月刊》，署名评梅。

玫瑰花片的泣诉①

——寄纫秋

（一）

她赠我一束美丽的玫瑰花。

　　在园中的淡月下。

我走向紫罗兰面前告诉她，

　　她说：

　　"玫瑰花有锋利的针芒,朋友你自去斟酌吧？"

（二）

你的心变作了琵琶。

　　我的心变作了弦。

　　　当音乐家置你在他膝上调理的时候,

我的悲哀,

　　都流在你的心里。

（三）

时间已如沧海一样的碧波逝去,

地球已如落花一样的飘零粉碎;

　　但我心中的信仰,

　　　仍燃着永久的火焰!

（四）

流水漂着许多落花游泳着：
牡丹花瓣无意中和玫瑰接吻了！
　　但一个乳雁掠过水面时，
　　　　他们已迅速的分离开。

（五）

我的黄金明珠结扎的美丽花冠：
　　已被个狂疯的青年撕碎！

（六）

一天：
　　我在白银的瀑布下凝望！
　　　　当我沉迷如醉的时候，
　　忽然诅咒母亲为什么要爱我？

（七）

披着翠羽的鹦鹉呵！
　　当他含泪问我的时候：
请你不要泄漏了我的凄悲，
　　在你那珊瑚嘴里。

（八）

灯前：

　　披读那有梅花的信笺，

余痕已模糊了！

　　但朋友呵！

找不到的真心只在瞬间哪？

（九）

看阶下踟蹰的落花，

　　悔当初何须在枝上繁华呵？

（十）

昨夜里：

　　杜鹃拟了篇招魂赋，

托了我檐下的燕儿代他泣诉？

他说：

　　"秋风太煞无情！把人间并蒂花摧残尽！"

（十一）

宁把枯萎的花魂唤不醒，

　　好让勤恳的园丁不栽种。

（十二）

写出来是罪戾，
歌出来是凄悲，
　　只好咽在心里。

（十三）

我的心扉是极薄的玻璃，
　　只要有一些接触，
　　就发出清脆的回音——
　　甚至于立刻粉碎！

（十四）

我的眼中满含着清晨花上的露水，
　　只要风微微底一吹，
　　　　即刻涌出那同情的热泪！

（十五）

一阵秋风，
　　卷去了园中的绮丽，花魂的青春！

（十六）

晚霞照在柳丝上，

燃着我檀香般如焚的怅惘！

（十七）

我的泪都流向人间，
我的爱都遗在梦里，
我的心埋在冰天的红梅树下；
只可怜我这飘泊的躯壳，
陷在世界的尘泥里。

（十八）

几次把握紧了的笔儿放下：
　　乱云似的情丝，
　　　　教我从何处写出？
朋友呵！纫秋呵！
只有你能听到玫瑰花片在这里悲诉！

【注释】

① 原载《诗学半月刊》第 16 号（1923 年 11 月 14 日出版），署名蒲侬。

飞去的燕儿①

在美丽香馥的梦里：
我曾抚爱着，
一只披满雪绒的燕儿。
在檐下悬了个银丝笼，
让燕儿栖在这温暖春园中。

镇日我在花影阑珊的窗前，
握着管破叉的笔儿沉吟！
望着凉云呵——不羁。
听着鸟语呵——神往！
那时：
雪绒可爱的燕儿，
隔着银笼——
向梨花呢喃低诉！

她说：
"朋友呵！
聪明的人类。
极想将宇宙缩小，
藏在他黄金匣内。
你看：
白云呵——悠悠，

树叶呵——颤荡；

只隔了口眼与银栏，

困在樊笼里生活。"

这样低微的声儿，

沉寂中令我心荡。

"羞愧"趋着我走到檐下，

用理智的手压着这抖颤的心房！

紧嚼着唇儿，

将"自由"花冠——戴在燕儿的头上。

迷惘中——

我晕倒在梨花树旁！

月儿照着我憨情微笑！

花影印着我孤身飘荡！

残梦呵——醒来，

银丝笼犹握在我的手中；

但燕儿呵，

她早已很快地飞去——

由我绯红温暖的心窠中飞去！

一九二三年，十二月，三日，北京。

【注释】

① 原载 1923 年《晨报附刊》，署名评梅。

叫她回来吧！ ^①

（一）

幔底的余香缭绕，
筵上的灯花舞蹈，
寂寞的空庭，
颤动着心头的爱影！
他执着热烈的火焰，
向那黑暗修长的远道，
张臂狂呼：
叫她回来吧！——
由爱之园。

（二）

海鸟在沙滩畔私语，
浪花在碧波中腾跃，
疏刺刺几粒星，
碧茫茫一片海，
他扬着轻翼似的白裾，
求那海啸的声音：
叫她回来吧！——
由恨之海。

（三）

篱畔的蔷薇枯黄，
枝头的桃杏萎落，
空虚的心窠，
感受着过去的创伤。
他哀求着月儿的清辉，
照着她影儿的踪迹，
叫她回来吧！——
由邈阔的地角。

（四）

遭了黄莺的怨恨，
受了玫瑰的刺伤，
血泊中他捧着箭穿的心儿，
晕倒在崎岖的道上。
求上帝哀怜他，
使漂泊的灵魂，
重做那温馨的梦：
叫她回来吧！——
由渺茫的天涯。

【注释】

① 原载 1923 年《晨报附刊》，署名评梅。

梅花树下的漫歌①

——纪念一七

荒凉的古道呵，

行人稀寥；

两旁伞形的松柏，

很骄傲地耸入云霄！

伴着烟云，

陪着孤鸿，

笑人间的枯荣，

呵，

冷风中雪花飞舞，

笼罩了这肮脏的宇宙！

听那松声涛音，

奏出悲壮的歌调，

荒凉的古道呵，

愈增荒凉，

苍松都披了雪绒的大氅。

漫天冰雪里，

她踏着绛绒的外衣。

踏着雪花——

走到隔岸的山内，

访她最爱的梅去，

眉如远山的含翠，

眼如澄晶的清溪；
空静寂寞的宇宙里，
她燃着生命的光华！

清香呵！
望去只见漫山崖的红梅——白梅，
像一座云幔霞帷的花宫，
笼着层薄薄雪纱，
——更形美丽？
她伏在梅花树下——赞美着——
毫不管她漫天的大雪，
堆集在她的绛氅上。
清香拂去了松散的流云，
听呵！
她悠扬的歌声；
梅呵！
你吐着清淡的暗香，
开放着窈窕的好花，
假使冬天莫有花，
这世界呵！
有多么荒凉。

梅呵！
"春风一梦无桃李，
留得梅花共岁寒"，
在枯寂的生命中，
你灵魂儿氤氲着温香，
从未曾在绮丽的筵上争艳，

孤高清幽可爱的花呵！
常为你祈祷着上帝……

梅呵！
我把生命花，
植在你的蕊里；
心苗中的一点爱意，
消融在你的暗香里。
我将把宇宙的繁华舍去，
偕着你孤零零的魂儿，
——同埋在冰雪里！

她轻冷冷的歌声，
渐渐低微；
风拂着梅林，
又依稀悲啼！
雪花正在飞翔，
暮云又将笼罩，
她仍伏在梅花树下，
——为了爱慕竟不找归路？

日一轮，
慢慢从烟云中涌出，
万道霞光，
射在梅花的枝上。
雪地内倒卧着绛裳的女郎，
为了爱慕——竟不找归路？
梅蕊里浸出血样的知己泪！

【注释】

① 原载 1923 年《诗学半月刊》，署名评梅。

青衫红粉共飘零[1]

怜君青衫感飘零，
怨她红粉弹别弦；
世事无常唯余恨，
人情悟尽便是禅。

花魂诗神证夙缘，
杜鹃泣血不知年；
冰天博得知己泪，
英雄心情总黯然！

【注释】

① 原载《诗学半月刊》第 20 号（1924 年 1 月 14 日出版），署名蒲依。

归　来①

（一）

因为她窗前有一盏灯，
我由悠长的远道，
找星星光明！
不怕黑暗中鬼灵的追逐，
不怕荆棘里冻血的凝滴。

（二）

因为她帏下有一架琴，
我由悠长的远道，
听冷冷心声！
忘了夕阳已晒在玫瑰花上，
忘了花儿未萎前要带在她襟旁。

（三）

因为她确有一颗心，
我由悠长的远道，
想问问同情，

哪管云深的山里，牧歌的渺茫；
哪管波涛的海上，船儿的恐慌。

【注释】

① 原载 1924 年《京报·文学旬刊》，署名评梅。

灵魂的漫歌

一

我是人间驱逐的罪囚，
　　心情逃在檀香焚炽的炉内：
　　燃着浓馥的烟——在空中萦绕。
　　　炉中有烧不尽的木屑，
　　将继续永久这样燃烧！
灵魂儿——附着几缕不绝的轻烟，
　　　向云头浮飘。
听哪！
　　人间的朋友们，
　　正在那浓梦内咀嚼！

二

　　宇宙之谜呵，
　　　我终永难猜！
为什么春园繁华？
　　秋园萧瑟？
　　　雁儿又要南北忙？
在这月光清辉的银幕下，

深邃黑暗里；
又满含着恐怖的神秘！

朋友呵！

在人类浓迷的梦里：

听听：

他们诉说的呓语是什么？

三

青山满被雪罩，

碧水都结冰屑；

园中的花木凋落！

墓头的青草枯黄！

朋友们呵！

都在冰天冻雪里缩抖着，

等那金红色美丽的太阳！

永久呵——希望，

永久呵——失望，

浮云已把美丽的太阳，

笼罩在那黑邃的深崖！

四

岸头堆遍了尸骸！

海流波荡着血花！

朔风又乘着深夜——在松林里怒号！

哪堪呵！

野鹜站在古木上冷笑；

饿狼伏在黄草中悲啸；

　　血呵——腥；

　　尸呵——腐；

清洁美丽的园儿，

变作了荒芜鸟兽的山薮；

　　这样冷酷似的宇宙，

　　莫有一只善鸣的鸟儿歌唱！

　　莫有一朵美丽的花儿开放！

只有静沉沉底海水，

　　流呵——流呵，

　　带着这腥臭的血波荡漾！

五

是谁把血变作了河？

是谁把尸骸堆满山？

　　只落得喂了野兽的肉，

满了饿狼的欲！

将繁华的园儿，

　　遮在这黯淡的幕下，

　　明锐的矛头，

　　霜雪的剑刀，

　　都在那血花中——讪讽的微笑！

六

朋友们：

醒醒这醉迷的噩梦呵；

在云烟渺茫里，

　　去觅那女神的援助！

白玉的神座下，

　　祈祷着！

赠一杯玫瑰的甘露，

　　将人类所有的不平，

　　　　都融化在这碧玉杯内。

七

朋友们：

醒醒这醉迷的噩梦呵；

在云烟渺茫里，

　　去觅那女神的援助！

白玉的神座下，

　　祈祷着：

赐一支光明的烛枝；

　　将人类所有的黑暗，

　　　　都燃起了辉煌的华！

八

焚毁了这肮脏的宇宙！

烧断了那笼罩的尘网！

　　涌现出美丽的太阳！

射在那青翠的山峰，

映在那碧绿的沧海；

　　花儿在惠风里舞蹈！

夜莺在树林里歌唱：

一切重生了！

复新了；

宇宙原不是那么荒凉？

　　朋友呵！

这迷惘的浓梦醒来！

我附着在烟云中的灵魂，

　　爆烈了檀香焚炽的火炉！

　　　又返到人间的故乡。

十二年除夕，北京梅窟。

【注释】

① 原载 1923 年《诗学半月刊》，署名评梅。

女神的梅花和银铃①

（一）

我们原是梦里相会呵！

但在这梦痕上，已凝结了多少血泪？

我们原是梦里相会呵！

但是在这梦境中，又经过如许年华？

朋友呵：

毋须笑笼中鸟，

毋须讥网中的鱼；

在这沉静的夜幕底，

你原是卧在宇宙的摇篮！

（二）

彩霞揭开了眼帘！

夜莺唤醒了灵魂！

逃出了沉醉的花宫，

脱解了羁束的罗网；

由那惊惶的梦境内醒来！

呵！

苍松翠柏的枝上，

飘舞着十三层五彩的国徽——荡扬！

朋友呵！

在无意中惊悟了过去的流水和落花！

换上我霜雪般了的绡裳！

戴上我繁星似的珠冠！

抱一束血泪化成的玫瑰花篮！

祈祷着！

爱的女神抚慰这梦中的飘魂——

和那可怜的人类。

（三）

晚霞正射着白玉的神像！

双翅上遍耀着爱的红光！

神的手里，

握着几枝龙蟠的寒梅！

寒梅上悬垂着白雪般的银铃儿叮当响！

朋友呵！

我们原是梦中相会呵！

但在这梦痕上已凝结了多少血泪？

我们原是梦中相会呵！

但在这梦境中又经过几许年华？

我嗅着梅香馨馥！

醉卧在女神的足下。

一任那霜雪掩埋！

寒风吹化！

【注释】

① 原载 1923 年《诗学半月刊》，署名评梅。

宝剑赠与英雄①

（一）

霜雪的宝剑，日日呵长啸！

珠钻的剑匣，时时呵舞蹈！

要觅人间的壮士，抒它的光芒，

要滴人间的鲜血，解他的消渴，

掬着满怀的郁结，

他泣向和平的女神祈祷：

"神呵！

和平原须战争，

战争原为和平，

莫有战争呵——又何须和平？

我的雪裙要血濡！

我的锋花要□〔绽〕苞！

我誓愿把希望的种儿，

洒向人间，

开一树灿烂红色！"

（二）

云天苍茫，

女神拖着雪白的云缎飘荡，

戴着繁星的珠冠辉煌！
捧着这长啸的宝剑，
乘着春的帆儿，
向云头四眺。
云锁深山只闻着猿啼，
烟笼水涧只看到鱼戏，
四方晚霞怒射着最后的余晖。
她飘落在万岭的峰头，
向着苍苍的松林——亢喉高呼：
"英雄呵何年？
英雄呵何处？"

（三）

晚霞照映着松林微笑！
女神猛看见——
看见个玉雪的孩儿在苍松下睡觉。
红艳的花儿，
洒满了他美丽的粉腮，
五彩的蝶儿，
围了他散发飞翔；
白云浮堆着锦被，
松柏支罩着罗帐；
不知道何年何日？
他酣睡在这软柔的草上。

（四）

警悟的银铃乱响，
希望的红花呵飘扬！
繁星轻轻地揭开他的眼帘，
夜莺在松枝上，
努力地叫喊！
他玫瑰唇上，浮着憨漫的微笑，
雪绒的翅上，
遍映着可爱的红光！
女神轻轻向耳旁——
唤醒他梦中的迷茫。

（五）

蝴蝶枕着花儿，
已进了甜蜜梦乡，
半弯银梳儿，
映着树影儿摇曳飘荡；
宇宙呵，
都罩在这静寂的幕下，
这玉雪的孩儿，
微笑着向女神呢喃祈祷：
"在这迷惘的人间呵，
使命的担儿怎么挑？"

(六)

暮云下,

她捧着寒光四射的宝剑赠他,

她说:

"英雄呵!

取人间的血,

濡染你刀上的花。"

清风飘送着去后的余音,

天空中舞蹈着她的云裳,

依稀犹听见:

"英雄呵!

取人间的血,

濡染你刀上的花。"

一九二四,一,一四,北京梅窠。

【注释】

① 原载 1924 年《文学旬刊》,署名评梅。

山灵的祷告①

当我随着银瀑冲下的时候：
中途逢着了明莹可爱的礁石，
伊携了我的手，
暂卧在这峭壁的崖上。
可以望见灿烂的云霞，
微渺的星河；
深林里：
依稀听到鸟韵歌唱，
我战兢兢向这银瀑下望！
恐怖里：
依稀又听到蛟龙的低语。

朝霞披了淡红的面纱，
阳光怒射着金箭似的光芒！
鸟儿赞美着这火烧似的红光！
天空中漫飞着白云飘荡。
那时我也和着小鸟儿，
歌颂着宇宙的光华！
猛然见树林摆动：
山灵拖着灰白的云裳，
向着这金盆里的生命火光，
祈祷着希求的欲望。

龙鳞闪闪的太阳呵：
红的希望之花蕾，
已开遍了这翠笼的山；
碧的青春的草儿，
已铺遍了这绿浸的泉；
樵夫的鬓丝满染了银辉，
村女的红颜敷着了玫瑰，
但我一天所祈祷的呵，
永远是空虚！

宝座辉煌的太阳呵！
淡淡的雾，浓浓的烟，
永笼不住生命的火焰！
浪水飘送了落花——去，
雁儿逢着了秋菊——归，
生命的花，
一度一度开了又谢！
神执着的红烛仍未灭熄！
我要把青春系住；
我要把夕阳绾留，
愿你的光焰，
永照着我这美丽的山！
但我天天所祈祷的呵！
永远是空虚……

这低微的声息，
留在我耳鼓中荡漾；
不料无情的瀑布，

已送我到不可思议的渊底！

山灵呵！

这刹那的人间，又何须奢望呵？

听歌的人儿，已同蛟龙赴水宫做伴，

仅留感叹的气息停止时，

原是场迷惘的梦境！

一九二四，二，一，北京。

【注释】

① 原载 1924 年《绿波周刊》，署名评梅。

星　火

满地落叶，
铺满了初冬的黄昏；
我手握束鲜丽的花儿，
去敲那魔宫之门，
淡青锦被下，
现出了人间箭儿射伤的香谷，
麝兰般的气息内，
蕴扬着几丝儿微恨。

朋友呵！
在春园中的玫瑰花畔，
我救只刺伤了的杜鹃；
群花都诅咒玫瑰花的残忍，
但玫瑰花方自恨把保护的枪，
误伤了多情的杜鹃。

朋友呵！
在你檀香焚烧的心中，
灭却那悲愤的火，
腾起那快乐之焰；
把宇宙呵！
将你的温暖的心房幻化。

人生：
秋的飘零，
春的繁华，
朋友呵！
值得在静沉沉的深宵一想。

案上的黄花在笑，
窗外的小鸟在唱，
何不打碎人间的桎梏，
睡在那摇篮而微笑！
聪明的朋友呵！
人间的网，
原不能把你笼罩。

病魔原是心里的"撒坦"呵！
要把它炸得粉碎，
试抛一粒开花之丸。

星　火①

——慰兰姊

我载了人间漂泊的躯壳，
踏着憔悴的黄叶，
拂着抖颤的枯柳；
抱了束美丽的黄菊，
去敲你病宫的玉门，
药香里，绒毡下，
出现了箭儿射伤的你，
馨兰般的气息中，
都带着几丝怨恨！

朋友呵！
我曾在春园中的玫瑰花畔.
救了只玫瑰刺伤的杜鹃；
群花都诅咒玫瑰的狠残，
但我早悟到了，
玫瑰自愧伊有护卫的枪，
误把多情的杜鹃受了伤！

朋友呵！
在你檀香焚炽的心炉中，
灭了那悲愤的火，
燃那快乐的焰，

都把它焚毁！
宇宙呵！
原也是乐园，
原也是荒薮，
全恃你心灵去幻化！

人生——
又何须猜想？
秋呵飘零，
春呵繁华，
心房中的炎凉原也是这样！
朋友呵你想——
在静沉沉的深宵——
你抚心想！

案头的黄花在含笑，
窗外的小鸟也在歌唱！
你何不抖抖人间的桎梏，
静静地睡在那摇篮内微笑！
聪明的朋友呵！
人间的网，
原不能把你笼罩——

病魔原是心魔，
你心炉中燃一颗愤悟的炸弹，
把它粉碎！
我把这小小檄文——
将它驱逐，

这一星心火，

消了你满腹冰雪！

十一月十二日旧作,北京。

【注释】

① 原载 1924 年《绿波周刊》,署名评梅。

你告她①

第三册　诗歌

（一）

斜阳照着古道，

马儿载着怅惘，

季曲低低吟，

别恨慢慢咽。

深林里啼血的杜鹃呵！

你告她：

"我原是密网底逃出的飞鸿，

振翼向故乡来看母亲。"

（二）

过着无数的悬崖深涧，

听：

天风的飘飘呵！

流水的滔滔呵！

灿烂的夕阳西陨，

夜莺的歌儿更凄清！

你告她：

"我想任马蹄踏遍了地球，

燃起我光明的火把！"

（三）

采道旁的蔷薇，

收清晨的露珠；

编织顶美丽的花冠，

请燕儿衔献到她的妆台前。

你告她：

"途中无纸笔，

权作一幅相思笺？"

北京，梅窠，蒲节后一日。

【注释】

① 原载 1924 年《晨报附刊》，署名评梅。

春的微语①

我依稀是一只飞鸿，

    在云霄中翱翔歌吟；

我依稀是一个浪花，

    在碧海中腾跃隐没；

缘着生命的途程，

    我提着丰满的花篮儿.

洒遍了这枯燥的沙漠。

我只想环绕着，

    繁星的宝座飞翔；

静听着天宫的群神，

    颂扬那创造者的光华！

      玉琴的悠扬里，

上帝把一束春之花，

      戏簪在我的鬓旁。

洁白的波涛，

    在深涧的生命海中浮飘；

光华的明珠，

    在瀑泉底迸跃；

这音韵似偷弹玉琴，

      似静听裂冰；

深茂的松岭上，
　　悄悄地捧出了微笑的朝阳！

聪明的朋友呵！
　　泪珠儿为何要洒向天涯？
　　　埋葬了的花魂，
蛰伏了的秋虫，
　　都在彩色的尘土中复生！
朝阳呵如烘！
云涛呵上涌！
　　桃妹妹和柳姊姊，
替杜鹃结识了一座音乐亭！

沉醉在惠风的怀里，
　　把柔和的暖意，
　　沁入枯冷的心脾；
拥抱着天河畔的七星，
　　将熠耀的翅儿。
惊醒了梦里的花魂！
　　纵然少女诅咒我的皎颜，
　　　青年忌妒我的多情；
　　我将用困倦的网儿，
　　　把永久的遐远的宇宙罩定！

四，十，北京。

【注释】

① 原载 1924 年《晨报副刊·文学旬刊》，署名评梅。

留　恋①

（一）

依稀是风飘落花，
依稀是柳絮天涯，
问燕子离开旧巢，
含泪飞向谁家？

（二）

惠风撩乱了诗情，
晚霞横抹成诗境，
只点染了一轮月，
几株松，
惹我留恋着：
梅寨的烟云。

（三）

疏刺刺几枝梅花，
冷清清一盏孤灯，
听：
远处送来的古庙钟声，

窗前唱和着草虫低吟，

惹我留恋着：

梅寙的幻梦。

（四）

铸成了铁样的素心，

包住了海样的深情；

榻上遗下了泪迹，

案上留着药馨；

风宵月夜，

少了个瘦影。

评梅写于离梅寙前一日。

【注释】

① 原载 1924 年 7 月 13 日《晨报附刊》，署名评梅。

微　笑①

（一）

春悄悄地含着微笑，
唱着恋歌，
走近林边的时候，
梦中的云雀，
互相问着这是什么消息？

（二）

我陨泪——向万仞的深崖，
我长歌——向无垠的穹苍；
拼将多少旅愁，
都付与黄昏的归鸦。

（三）

捣碎了幻景的玉杯，
盛满了虚渺的诗瓢；
去吧——一切……
我将笑受山风和海涛的祈祷！

（四）

母亲！
你，赐我蜜一般的甘露，
我还你血一样的热泪
懦弱的儿，
将数数你鬓上银丝又添几许？

（五）

撷取幽径中的芳草哟！
摘取天海内的明星哟！
这都是幻空。
千古银辉的月儿，
却照瓦砾沙层。

（六）

问——云宫的皎月？
问——松林的涛风？
人间呵！
何处是魂月的归程？

（七）

听碧海银涛的呜咽！
看乱云中闪烁的疏星！

诗人的心波颤动了。

她说：

去吧——心中的烦闷！

去吧——少年的梦痕！

（八）

心中只含着酸泪，

到了她门前，

踟蹰着我又不忍进去。

原知——落花飞絮似的生命——无凭，

但上帝又不赐给我——无情。

（九）

诗兴滞了：

没到笔尖儿上，

就慢慢又回到心里。

我的朋友啊！

把这没字的纸儿寄给你。

（十）

心头的酸泪逆流着，

喉头的荆棘横梗着；

在人前——

都化作了轻浅的微笑！

一九二四年，七，二十二，平定山城。

【注释】

① 原载 1923 年《晨报副刊·文学旬刊》,署名评梅。

心　影①

一

夜深了，
　我想看天上散布的繁星。
　　忽然由树林里——飞出一只小鸟，
落到我的襟肩，
　　　原来是秋风赠我的枫叶诗笺。

二

　"牧童倦了，
　羊儿眠了。
　　晚霞看的醉了。
　　夕阳微笑的回去了。"
这是小朋友逛山带回的消息！

三

白银似的小河睡在碧青的天空，
蔷薇般的紫云笼着明闪的小星；
　小诗人呵！
你能在美婉的诗意里，

捕捉那倏忽飞行的自然心影!

四

似流星的光焰，
似少女的娇颜。
　似游丝般一缕恋感!
雨正潇潇，
风正飘飘。
　我不禁把一支可爱的银毫——
　　　　向窗外一抛!

【注释】

① 原载 1924 年《晨报附刊》,署名评梅。

静听银涛咽最后一声[①]

一

我的散发，
　似细柳在风前飘动，
我的羽纱，
　似龙鳞在波上推涌；
红霞内横掠着海鸥的幻影，
碧霄中颤荡着孤雁的哀鸣！

二

葡萄酒斟满了玛瑙杯，
　遥邀明月，
　遥邀繁星，
　　留一个永久的沉醉。
　　这是纤软绒松的眠床，
　　这是晶莹如玉的墓碑，

三

　　这颗心；
　　飘浮在海上，隐没在云中，

不如交还给母亲。

归路——滚滚像玉龙翻腾，

　　泅涌着万层波云；

　　　　我原是天涯倦游的病鸿，

静听银涛咽最后一声！

圣诞节前夜。

【注释】

①　原载 1924 年 12 月 31 日《妇女周刊》，署名评梅。

血　泪①

一

杯里盛着上帝赐我的血，
我想洗尽天鹅玉毫，
蘸着它在我雪净的手绢上写几个字，
但我不知应该写什么？
乱洒在上边吧，
它偏不像桃花，像梅花，
因为我爱梅花。

二

杯里盛着上帝赐我的泪，
我想洗尽天鹅玉毫，
蘸着它在我紫罗兰的襟上写几个字，
但我不知道应该写什么？
乱洒在上边吧，
它不像雪花，像繁星，
因为我爱繁星。

【注释】

① 原载 1925 年 1 月 20 日《晨报副刊》，署名蒲侬。

"我已认识了自己"

一

夜里经过了深林，
　　这清香飘动了我的衣襟；
不知道是风的柔翅？
还是花的温馨？
　　沉醉了的魂儿，
浸入冷清死寂的湖心。
　　我跪在月明星烂的湖滨，
祷告着说：
　　　　"主呵!
　　　　我已认识了自己。"

二

悄悄走进了丁香花丛，
　　看见睡在花架底的园丁，
他正在呓语着：
　　　　"花儿不常红，
　　　　草儿不常青，
　　　　　徒苦了我的忠诚。"
月儿的银辉吻着梦中的园丁，

我的泪流进了丁香花心；
　　哽咽着说：
　　　"主呵！
　　　我已认识了自己。"

三

怅惘的走上大理石塔尖，
　　在这广漠的宇宙下，
　　　不知道遗失了什么？
惠风拂过花蕾的微笑，
朝霞映着露珠的泪光，
　　都成了消逝的幻影，
　　　似紫燕飞掠过粉墙。
　　　我叹息着说：
　　　　"主呵！
　　　　我已认识了自己。"

【注释】

① 原载 1925 年《妇女周刊》，署名评梅。

悼念高君宇(三篇)

高君宇墓碑碑文

我是宝剑,我是火花。

我愿生如闪电之耀亮,

我愿死如彗星之迅忽。

这是君宇生前题相片的几句话,死后我替他刊在碑上。

君宇!我无力挽住你迅忽如彗星之生命,我只有把剩下的泪流到你坟头,直到我不能来看你的时候。

评梅

挽　词

梦魂儿环绕山崖海滨,

红花篮青锋剑都莫些儿踪影。

我细细寻认地上的鞋痕,

把草里的虫儿都惊醒。

我低低唤着你的名字,

只有树叶儿被风吹着答应。

想变只燕儿展翅向虹桥四眺,

听听哪里有马哀嘶;

听听哪里有人悲啸。

你是否在崇峻的山峰，

你是否在浓森的树林。

呵！刹那间月冷风凄，

我伏在神帐下忏悔。

为了往日的冷落，

才感到世界的枯寂。

只有明月吻着我的散发，

和你在时一样；

只有惠风吹着我的襟角，

和你在时一样；

红花枯萎，宝剑葬埋，你的宇宙被马蹄儿踏碎。

只剩了这颗血泪淹浸的心，交付给谁？

只剩了这腔怨恨交织的琴，交付给谁？

听清脆的鸡声，唱到天明，

雁群在云天里哀鸣。

这时候，君宇，君宇，你听谁在唤你；

这时候，凄凄惨惨，你听谁在哭你。

评梅再挽

挽　联

　　君宇千古

碧海青天无限路，

更知何日重逢君。

　　评梅挽

痛哭英雄①

假如这是个梦，
　　我愿温馨的梦儿永不醒，
假使这是个谜，
　　我愿新奇的谜儿猜不透，
　　　闪烁的美丽星花，
　　　哀怨的凄凉箫声，
　　　你告诉我什么？
　　　他在人间还是在天上？

我不怕你飘游到天边，
天边的燕儿，
　　可以衔红笺寄窗前，
我不怕你流落到海滨，
海滨的花瓣，
　　可以漂送到我家的河边。
这一去渺茫音信沉：
　　唤你哭你都不应！
英雄呵！
　　归不归由你。
　　只愿告诉我你魂儿在那里？

你任马蹄儿践踏了名园花草，

又航着你那漂流无归的船儿，
向海上触礁！

迅速似火花的熄灭，
倏忽似流星的陨坠；
悄悄地离开世界，
走到那死静的湖里。

我扬着你爱的红旗，
站在高峰上招展的唤你！
我采了你爱的玫瑰，
放在你心上温暖着救你！
可怜我焚炽的心臆呵！
希望你出去远征，
疑惑你有意躲避。
但陈列的死尸他又是谁？
人们都说那就是你！

冰冷僵硬的尸骸呵！
你莫有流尽的血，
是否尚在沸腾？
你莫有平静的心，
是否尚在跃动？
我只愁薄薄的棺儿，
载不了你负去的怨恨！
我只愁浅浅的黄土，
埋不了你永久的英魂！

你得到了永久的寂静。

一撒手万事都空。

只有我清癯的瘦影，

徘徊在古庙深林；

只有我凄凉的哭声，

飘浮在云边天心。

你既然来也无踪，

去也无影；

又何必在人间寻觅同情？

这世界只剩了凄风黄沙，

我宛如静夜里坟上的磷花，

朦胧的月儿遮了愁幕，

幽咽的水涧似乎低诉？

这不过一副薄薄的棺，

阻隔了一切，

比碧水青山都遥远！

啊！梦吗？似真似幻？

【注释】

① 原载 1925 年《妇女周刊》，署名心珠。

雁儿呵，永不衔一片红叶再飞来！[1]

秋深了，
我倚着门儿盼望，
盼望天空，
有雁儿衔一片红叶飞来！

黄昏了，
我点起灯来等待，
等待檐前，
有雁儿衔一片红叶飞来！

夜静了，
我对着白菊默想，
默想月下，
有雁儿衔一片红叶飞来！

已经秋深，
盼黄昏又到夜静；
今年呵！
为什么雁影红叶都这般消沉？

今年雁儿未衔红叶来，
为了遍山红叶莫人采！

遍山红叶莫人采,

雁儿呵,永不衔一片红叶再飞来!

【注释】

① 原载 1925 年《妇女周刊》,署名漱雪。

扫　墓①

狂风刮着一阵阵紧，
尘沙迷漫望不见人；
我独自来到荒郊外，
向垒垒的冢里，
扫这座新坟。

秋风吹得我彻骨寒，
芦花飞上我的襟肩，
一步一哽咽，缘着这静悄悄的芦滩，
望着那巍巍玉碑时，
我心更凄酸！

秋深了，荒枯遍天涯，
那回绕墓头的女萝，
一丝丝，一缕缕萎化作尘沙；
谁相信，一刹那，
一刹那白骨映落霞。

远远一线青痕是西山，
晚霞照着萧森的苇塘；
我践踏着荒草枯叶，
回转着墓碑彷徨，

将这郁郁哀情，飘浮在新坟上。

天边有飞过的雁儿哀鸣！
抬头细看，依稀是去年的故人，
飞去吧！雁，你不要俯骋，
这块白云下，埋葬了一颗可怜的心，
飞去吧！雁，你不要静听，
那一片深林里，有凄哀的哭声！

如梦，如梦，梦都空，
生命的消逝似彗星一瞬！
刹那间生病死葬，
魂飞渺茫难追寻；
常忆起纸灰飞扬中，
掩埋你僵硬的尸身！

听白杨萧瑟声音，
似你病榻辗转的呜咽！
看袅娜迎风的垂柳，
似你病后微步的身影。
想起来往事历历犹疑梦，
谁信，荒郊外建着你的新坟。

用凄哀织成的梦境，
狂风吹断它，如烟云般无踪。
去吧！戏弄人生的命运！
你的心化成了一湾流水，
我的心僵变成几迭青峰；

静等着,地球何日化成灰烬!

人生,来也空,去也空。
匆匆忙忙为了甚?
我在梦境里捕捉住一颗心。
残影永留在心中;
永留在心中,直到我也走进坟茔。

我哀那垒垒冢里人。
可怜都在异乡做孤魂:
生命如炮花瞬息空。
值得谁记忆和领省!
只有你坟头供鲜花。
黄昏时还彷徨着一个青衣女郎。

为什么,生命液不向玛瑙玉杯里斟,
任意滴入凋残枯萎的莲心。
偶然来去的道路上,
你种下了系人心魂的柳丝,万缕迎风,
伟大的事业虽未成,
这一页哀史里,你却是多情的英雄。

那里还有遥远的路程我未走尽,
我们的距离,只有这点路程;
不管这世界是黄沙凄风,
不管这地球是荒郊孤冢。
我要去了,在斜阳照临时,
去走我未完的路程。

日落了,墓地更幽静,

一轮秋月真凄清;

这是一幅最美的景,

这是一腔最深的情,

在这荒郊外,新坟上,

印下个袅娜人影。

狂风刮着一阵阵紧,

尘沙迷漫望不见人;

几次要归去,

又为你的孤冢泪零!

留下这颗秋心,

永伴你的坟茔。

叶红时在陶然亭畔。

【注释】

① 原载《妇女周刊》,署名波微。

抬起头来，我爱！①

抬起头来,我爱!
看月儿投入你的胸怀,
忘了一切,忘了世界,忘了自己还在。
不要期待,不要期待,
热泪凝固了,便铸成悲哀。

抬起头来,我爱!
允许我再轻轻地吻你。
我要寻来生命的火焰,
在你澄清似水的眼里,
映入我的梦寐。

抬起头来,我爱!
你不要为了过去流泪。
偶然相逢的悲哀与欢乐,
已悄悄地由身旁过去,
我们不久也会被黄土掩埋。

抬起头来,我爱!
露华已沾湿你的衣襟。
不要依恋呵,那以往的惆怅,
让悲哀紧紧地牵系住我俩,

盼着,盼着黎明的曙光。

抬起头来,我爱!
这黑暗的世界你不要战栗。
繁星在夜的深林里闪烁,
"希望"在那边招手唤你,
走向前去吧,毋须在回忆路上徘徊。

【注释】

① 原载 1926 年 1 月 29 日《京报副刊》,署名林娜。

秋的礼赠①

秋风秋雨惊醒我的秋梦，
披衣静听，秋在窗外低吟；
这凄寒秋夜里，什么都死寂沉静，
猛忆到秋将去，生命又逝去一程。

我替秋预备下临别的礼赠，
不是清爽高旷的秋郊，不是薄罗般秋云，
也不是疏星冷月幽寒的秋夜景；
不是秋林，不是秋菊，不是凛冽的秋风。

是几片离枝未残的红叶，赠作书签。
我收捡它们飘零的落叶，
在山巅水涯晚风前；
深夜里借月光，写些心爱的诗句在上边。

如梦，如梦，回忆旧景一瞥空，
生命的消逝一去不返的征鸿。
系不住，绾不牢，这金箭似的光阴，
愿，愿过去的欢乐，能在这叶里红。

朋友，你偶然心海底吹皱起的波纹，
请将它缄寄在红叶的心中；

秋去了,梦也醒,往事都无踪,

你披卷细寻,这小小叶儿里有梦影秋痕。

十五年深秋。

【注释】

① 原载 1926 年《蔷薇周刊》,署名波微。

浅浅的伤痕①

（一）

姑娘！你也许不记得我是谁？
我到如今，也不愿见你，也不敢见你，
怕我这憔悴的枯颜吓得你惊颓！
如今，我要向天涯地角找寻我的墓地，
姑娘！临行前请允许我再作这一次的忏悔。

（二）

姑娘！我只希望"梦"能给我暂时的沉醉，
此后孤清的旅途上啜你赐给我的空杯；
往日甘香的浓醴已咽到我心里，
这虽是空杯残滴，但我哪忍粉碎！
姑娘！允许我祝福你新杯里酿的浓醴。

（三）

姑娘！我哪敢用我的痴愚怨恨你，
你如玉的精神，如花的佼颜，
是要令千万人颠倒与沉迷！
我，我只是小小的一只蝶儿，

曾傍着你的縠纱飞。

（四）

姑娘！你不认识我的心，
只为了你被虚荣蔽蒙；
我除了此心，再无珍贵的礼物馈赠。
愿，愿一天虚荣的粉饰剥落成灰烬，
姑娘！我的心，或能在你灵魂里辉映？

十五年十二月四日在白屋中。

【注释】

① 原载 1926 年《蔷薇周刊》，署名漱雪。

这悠悠相思我与谁弹？ ①

酒尽烛残长夜已将完，
我咽泪无语望着这狼藉的杯盘，
再相会如这般披肝沥胆知何年，
只恐怕这已是最后的盘桓。

只恐怕这已是最后的盘桓，
冰天雪地中你才知人生行路难；
不要留恋，不要哀叹，不要泪潸潸！
前途崎岖愿你强加餐。

前途崎岖愿你强加餐，
谁知道天付给你的命运是平坦艰险，
晨光在脱去你血泪斑驳的旧衣衬，
挥剑斩断了烦恼爱恋。

挥剑斩断了烦恼爱恋，
你去吧，乘着晨星寥落霜雪漫漫，
几次我从泪帘偷看你憔悴的病颜，
多少话要说千绪万端。

多少话要说千绪万端，
你如有叮咛千万告我勿再迟缓，

汽笛声中天南地北海滨隔崇山，

这悠悠相思我与谁弹？

十六年一月二十五日，送晶清南行。

【注释】

① 原载 1927 年《蔷薇周刊》，署名评梅。

再悼曼君①

曼君！
就这样——
悄悄地，
无牵挂地去了？！
在阴风惨淡的死路上，
你曾否忆到——
人世间，
尚有招魂没处的朋友？
尚有孤苦无依的老母？

曼君！
就这样——
悄悄地.
无牵挂地去了？！
当老母泣血，
病榻气绝时，
你曾否自究——
是：
为病而死？
为恨而死？

　　　　　　一九二四年十二月二十九日夜。

【注释】

　① 原载 1925 年《妇女周刊》,署名漱雪。

翠湖畔传来的哀音①
——挽灿章老伯

（一）

一个黄昏我和她共立在丁香花丛，

蓦地接到了这个霹雳般消息！

几次颠倒不知是真？是梦？

这时候，这时候，

她万里外孤零零萧然孑身，

这时候，这时候，

她呼爷唤娘有谁来答应！

可怜她无父无母无长兄，

弱小的弟弟才十三龄。

老伯伯！

你也应心伤，

扔下她辗转呜咽在异乡。

（二）

不要遗憾我们是不相识，

悄悄跪伏在慈帏下已非一日。

我常梦游翠湖，

翠湖畔有我未见面的伯父。

常想有天联袂跪在你膝下，

细认认你那银须霜鬓；

但是——连这都不能，

生命已消逝在飞去的翅上，

不停留，不停留，

那一闪间抛弃了的荣光！

老伯伯！

你也应心伤，

可怜她万里途程扶病去奔丧！

（三）

一颗掌珠撒在异乡外三年辉映，

她是这般伶俐而聪明。

她走时，你曾挥泪叮咛；

归来时，仙魂渺渺，

只剩了一棺横陈！

可怜她弱小的心灵，能经住几次碎焚！

老伯伯！

她那颗鹏游壮志的苦心，

你令她向谁面前骄傲？

此后永不见了的是慈爱的微笑！

是慈爱的微笑！

一九二五，五，三。

【注释】

① 原载 1925 年《妇女周刊》，署名评梅。

月儿圆①

我盼，我盼月儿圆，
离家前母亲叮咛我勿忘月圆。
月儿圆，母亲向南望，我往北看；
清光下，我们的精魂悄悄相见。
因此，我盼月儿圆。

我盼，我盼月儿圆，
既不能像一只孤雁飞出尘寰，
又无力阻止悲哀的箭儿射入心田：
蜷伏着挨延这年复年，
只愿深宵的月色，常吻我惨白的面靥。
因此，我盼月儿圆。

我盼！我盼月儿圆，
我有一颗碎心，
从未曾袒露出来给人看；
几次揭起在母亲面前，
又因血迹斑斑踟蹰不敢。
只愿让清白的月光照穿，
因此，我盼月儿圆。

我盼，我盼月儿圆，

飞游了的是青春和荣光，
消灭了的是童年和红颜；
印在我心头，触进我眼帘，
是这一度一度的月圆。
因此，我盼月儿圆。

我盼，我盼月儿圆，
风萧萧，云黯黯，
回去的墓道又遥远；
任孑影徘徊在泥泞和黑暗，
谁管？
只有终古不变的月儿伴我在天边，
因此，我盼月儿圆。

我盼，我盼月儿圆，
我不爱朝霞，因她姗姗盛装太绮艳，
我不爱晚虹，因她临去秋波也娇憨；
我爱皎皎一轮月，
她似我一样清冷，一样凄寒。
因此，我盼月儿圆。

我盼，我盼月儿圆，
月儿圆，我独立在碧海边，
听海潮告诉我人生的虚幻；
我愿放情歌出我心中的怅惘，
从月弯直到月圆。
朋友呵！何必呻吟泪涟，逝波难返；
因此，我盼月儿圆。

【注释】

① 原载 1925 年《妇女周刊》,署名冰华。

祭献之词①

醒来醒来我们的爱情之梦，
惠馨的春风悄悄把我唤醒！
时光在梦中滔滔逝去无踪，
生命之星照临着你的坟茔。

溪水似丝带绕着你的玉颈，
往日冰雪曾埋过多少温情？
你的墓草青了黄黄了又青，
如我心化作春水又冻成冰。

啊坟墓你是我的生命深潭，
恍惚的梦中如浓醴般甘甜；
我的泪珠滴在你僵冷胸前，
丛丛青草植在你毋忘心田。

世界已捣碎毁灭不像从前，
我依然戴青春不朽的花冠；
我们虽则幽明只隔了一线，
爱的灵魂永久在怀中睡眠。

天空轻轻颤荡着哀悼之曲，
比晚祷钟声更幽怨更凄切；

为了你我卸去翱翔的双翼，

不管天何年何日叫我归去。

我虔诚献给你这百合花圈，

惨惨的素彩中灵魂在回环；

不要问她命运将来受摧残，

只珍藏这颗心千古在人间。

十六年三月五日君宇二周忌日。

【注释】

① 原载《语丝》第 123 期，署名评梅。

断头台畔①

狂飙怒卷着黄尘滚滚如惊涛汹涌，
朝阳隐了这天地只剩下苍黑之云；
一阵腥风吹开了地狱紧闭的铁门，
断头台畔僵卧着无数惨白之尸身。

黑暗的宇宙像坟墓般阴森而寂静，
夜之帷幕下死神拖曳着长裙飘动；
英雄呵是否有热血在你胸头如焚；
醒来醒来呼唤着数千年古旧残梦。

红灯熄了希望之星陨坠于苍海中，
眺望着闪烁的火花沉在海心飞迸；
怕那鲜血已沐浴了千万人的灵魂，
烧不尽斩不断你墓头的芳草如茵。

胜利之惨笑敌不住那无言的哀悼，
是叛徒是英雄这只有上帝才知道！
"死"并不能伤害你精神如云散烟消，
你永在人的心上又何须招魂迢迢？

十六年四月三十日。

【注释】

　① 原载《蔷薇周刊》，署名评梅。

别　宴[①]

妹妹！请你饮干这一杯：
这杯里注满了浓醴，请你痛饮个沉醉；
门前的车马已鞍辔全备，只等你丝鞭一挥，
朋友呵！你此去，何时再见这帝都的斜晖？

妹妹！请你饮干这一杯：
咽下去，咽下去，你不要再为了命运凄悲；
看！抽刀将一腔烦恼斩去，
假如人间尚有光明的火炬，这宇宙顷刻变成灰！

妹妹！请你饮干这一杯：
自从丁香花落到如今，人情世事日日非，
原也想，洒鲜血把灰色的人生染紫绯，
怎禁住，一递一下的铁锤击得你芳心碎！

妹妹！请你饮干这一杯：
为人间有烦恼，分离开我们同命的小鸟；
想当年多少甜梦，骗的你青春和情天老，
原来是，无情的东风戏弄你瑶台畔仙草。

妹妹！请你饮干这一杯：
可怜你绮丽的文藻，只剩了这束旧稿。

二十年血泪斑斑,肠断心碎只有天知道;
"百战意未了",愿你烟尘起处再把阴霾扫!

妹妹!请你饮干这一杯:
这些天不知怎样好,为了你镇天家烦恼!
我祷告,小小的手腕能把这天地重新造,
我给你在乐园,建一座永无忧患的城堡。

妹妹!请你饮干这一杯:
看!西方一缕残霞,又照上了窗纱,
明天呵!一样残霞和窗纱,这已不是你的家;
暮云下,斜阳古道,你单骑走天涯。

妹妹!请你饮干这一杯:
听!一声声,寒林上哀啼的归鸦,
更令我这颗心,惊颤得似跌落在尘沙;
愿天再留一刹那,一刹那,未语泪垂心乱如麻。

妹妹!请你饮干这一杯:
且欢乐,且欢乐,先收拾起离情别绪,
多少如梦的往事,愿彼此生生死死在心头记。
从此后,只剩了孤清的冷月残照我翠帏。

妹妹!请你饮干这一杯:
我要再看看你桃腮樱唇和紧蹙的眉!
紧紧记,残稿遗骸我待你归来再掩埋;
这一别,天涯海角,何处何年我们重相会?

妹妹！请你饮干这一杯：

人间今宵,铁石人也应为了我们的命运辛酸。

你此去,似扁舟任风浪卷入了急湍,

我虔诚祷告你平安,在波澜中登上了翠峦。

妹妹！请你饮干这一杯：

"断肠声中唱阳关",一阵阵朔风卷雪寒,

白玉杯里似酒似泪浑不辨,朋友呵！

前途珍重且心宽,盼你归来时还是今日醉靥。

十六年一月十九号送晶清南行。

【注释】

① 原载 1927 年《晨报副刊》,署名评梅。

我告诉你，母亲！^①

（一）

我告诉你，母亲！
你不忍听吧这凄惨号啕的声音，
是济南同胞和残暴的倭奴扎挣，
枪炮铁蹄践踏蹂躏我光华圣城；
血和泪凝结着这弥天地的悲愤。

青翠巍峨的泰山呵笼罩着烟氛，
烟氛中数千年圣宫化成了炉烬，
尸如山血成河残酷的毒焰飞迸：
大明湖畔春色渲染着斑驳血痕。

（二）

我告诉你，母亲！
你要痛哭这难雪的隐恨和奇辱，
听胜利狞笑中恶魔正饮我髓血，
鹊华桥万缕垂柳都气得变颜色；
可叹狼藉已如落花这锦绣山河。

险恶人寰无公理无人道无同情，

生命的泯灭如逝去无痕的烟云，
祝那些刳肠剖腹血淋淋的弟兄：
安睡吧不要再怀念这破碎祖茔。

（三）

我告诉你，母亲！
你那忍看中华凋零到如此模样，
这碧水青山呵任狂奴到处徜徉，
晨光熹微中强扶起颓败的病身；
母亲你让我去吧战鼓正在催行。

你莫过分悲痛这晚景荒凉凄清，
我有四万万同胞他们都还年轻，
有一日国富兵强誓将敌人擒杀！
沸我热血燃我火把重兴我中华！

一九二八年五月二十五日写于白屋。

【注释】

① 原载 1928 年《蔷薇周刊》，署名评梅。

戏　剧

这是谁的罪？[①]

剧中人物

王甫仁　年二十余,美国留学生

陈冰华　年二十余,甫仁女友

李素贞　年二十余,甫仁之妻

王老爷　甫仁父,年五十余

王太太　甫仁母,年四十余

王　贵　甫仁家中之仆

春　香　甫仁家中之婢

马　利　陈冰华在美时佣人

男女傧相各二人

赞礼人　一人

李钧卿　李素贞之父

胡葆中　媒人

第一幕　求婚

布景　西式读书室,靠右面桌上置一列洋装书籍,鲜花数瓶,桌右置
　　　靠椅一。左面置一衣架,旁放一圆式茶几,上罩白线毡,置茶
　　　具数事,古花瓶一,靠左面置一衣架,尽头为门。开幕后冰华
　　　坐椅上作看书状,马利在旁整理桌上书籍,电铃响,马利出同
　　　时王甫仁入,冰华同甫仁握手。

王甫仁　密斯陈,近来好吗,一礼拜没有见面了(甫仁将帽子同手杖置衣架上,二人同坐于靠椅上)。

冰　华　我很好,就是这几天我心里很闷,许多天也没有接到国中来信;我正预备访你去谈谈,可巧你就来了,有什么新闻告诉我吗?

甫　仁　我昨天接到家里来信,令我赶快回国,说已经毕业,不必在这里久留;因为家慈很记念我的缘故。可巧昨天晚上有几个朋友来约我一块儿回国,他们定在下星期一,因为适好那天有船去中国。我愿意我们一块儿去,但不知道你能预备及吗?

冰　华　很好! 就是下星期一吗? 还有三四天工夫,有马利帮我,我想没有什么预备不及,就定在下星期一吧。但是船票你购了没有?

甫　仁　这倒不必你用心,我昨天已告诉他们了。临时多买几张好了。

冰　华　咳,光阴真快呵! 我们想起五年前在上海的时候,许多朋友送我们上船来美国的那种情形来,依然还在眼前,觉得没有多大工夫,转眼就离国五年了。我想现在我们回去,和我们来的时候,这当中的变迁,不晓得几经沧桑了?

甫　仁　是的,我每每接到朋友来信说,现在中国一般青年,对于现在中国社会的黑暗,国家的萎弱,他们很有志改建。那么中国前途的胜利,全在我们一般青年了。

冰　华　我常想我们这次回国去,对于社会国家,要有种切实的贡献。但我想我们五年在海外,对于国内现状,不免有许多隔膜,到底我们回国去,对于社会国家的改良,先从什么地方入手呢?

甫　仁　我们现在处在中国这种情形之下, 我们为国民的责任,比较别国的国民责任更大! 而我们这般在海外的留学生,将来回国后，更应加倍的负担，作个改良社会的先导！但我未到美国之前，看到许多留学生，当他们未回国的时候都是抱了极大的目的，并且都是主张拿良心去做事。但归国后未到一二年依然敌不过环境的软化，作起坏事来，更会出花样。所以我以为我们这次归国，就是注意不要被环境无形的软化，这是我们第一步的预备。至于说起改良社会国家的根本问题，据我的意思，应当先解决家庭问题。不知道你以为怎样？（马利持茶同点心上）

冰　华　我听到你这些议论，我真佩服你的高见。我们中国那样暮气沉沉，黑暗腐败的家庭中间，着实不知道牺牲了多少有用的青年，而一般男女同胞在那地狱中度生活的更不知道有多少？不从根本去推翻改造，我想绝对不能正本清源。

甫　仁　至于说起根本问题，第一件要解决的，就是婚姻要做到自由结合，因为家庭以夫妇两人为单位，若不是性情十分相合和爱恋的万不能免了种种的冲突；那便是好好一个家庭也变成地狱了！所以我的主张，解决家庭问题第一步，先要做到结婚的自由。但是，密斯陈！我说到这里，我要请密斯陈原谅我的冒昧！

冰　华　王先生有什么话说请你说，何必这样客气呢！

甫　仁　我想我们俩自从到美国后，同学五年，密斯陈的道德学问，我是很佩服的，至于说到改良家庭社会的意见，尤其是志同道合，丝毫不差异的。我所以早想在你面前，提出一种请求，可是苦于没有机会，现在回国在即，不能够再容忍了！所以今天我大胆提出一种数年来心坎里的愿望。

冰　华　你有什么事可以请说，何必这样半吞半吐呢？

甫　仁　我们的感情既已如此，我愿意……我就是愿意我们俩永远结合……组织……组织个良善的家庭，然后再拿这种精神推广去改良社会国家，不但是能贯彻我们的主张，并且能得永久的幸福；但不知道密斯陈你能够……能够应许我吗？

冰　华　（低头不语作沉思状）我们五年在海外同学,彼此性情十分和洽而且互相了解的,你今天提出这种意思,我现在是已经明了……

甫　仁　（取出戒指交于冰华）从今日起,我们俩互相尊重神圣的爱情,希望你将我的微物,常常不离你的玉手。（对视不语者久之）我们俩从此可以享美满的幸福了,谢爱的神！你东西可以早点预备,我还要到几位朋友地方辞行去。我们星期一再见吧！（甫仁走出,冰华送到门口握手而别）

冰　华　（笑而拍手）啊呀！想不到我又要回国了！（目注视戒指者久之）

（闭幕）（第一幕完）

第二幕　回国

布　景　家庭式,中间置方桌,上置古花瓶二,座钟一,老书数套,茶具数事。旁置二椅,左首为门,右首一小茶几,旁置一靠椅。开幕后,左首为甫仁母王太太,背后立丫头春香,手持水烟袋。

王太太　春香你看现在几点钟了？

春　香　（向桌上看钟后说）已经三点多钟了。

王太太　王贵不是去接你少爷吗？干吗还不见回来,你去请你们老爷去。（春香下,同王老爷上）

王老爷　太太你请我有什么事情？

王太太　就是说现在已经三点多钟了, 干吗甫仁那孩子还不见回来？莫非是你把信看错吗？或者不是今天回来？

王老爷　啊！我还没有老到那种地步,又没有眼花！怎能看错哩！我

想他如今天来，大概也快了。怎么王贵还不见回来？春香你去看王贵回来了没有？（春香下）（春香同王贵上）

王　贵　　老爷，太太，我们少爷回来了。（手提行李等物）

王太太　　在那里？（甫仁上）

甫　仁　　爸爸，妈妈，我回来了！（行一鞠躬礼）

王太太　　甫仁你累了！赶快坐下吧。春香赶快与你少爷倒茶去，王贵你告诉厨房预备饭去。（向甫仁）你在路上好吧，走了几天？

甫　仁　　托大人的福，一路很平安，走了一个月，因为适好逢到回国的船，没有耽搁的缘故。

王老爷　　甫仁你这次五年在国外，现在总算学成归国，我和你母亲都是很喜欢的，心愿算完了一半了。但是你的终身大事还未完结，我是顶不放心的，恰好前个月接到你信说不久回来的话，隔壁胡大爷就与你做媒，说的是李家你表妹，也是师范刚毕业，我想你没有什么不愿意；所以我已拿了主意，给你订婚了。过几天择个吉日，就可完了这件大事啦。

王太太　　你父亲为你也费了许多心思，我想你没有什么不愿意吧！

甫　仁　　（面色惨白）爸爸，本来这件事，我是应该没有问题的，应该敬遵父亲的，但我有极为难的地方，还要请父亲原谅，就是我已在美国同一位同学陈女士订婚了！所以请父亲回绝李家的亲事罢！

王老爷　　什么？你在美国已同什么女士订婚了吗？

甫　仁　　是的，是陈冰华女士，我在美国的同学。

王老爷　　这没有什么难解决的问题，你同她是自由订婚的，那么，现在你可以告诉她说家中已给你订婚了，可以自由离婚的。解除婚约是极容易的事情，那又有什么为难呢？

甫　仁　　我同陈女士的感情，既到订婚了，双方自是没有间隙，我怎么能解除婚约呢！况且我决不能无缘无故的负她，同她离婚。还请父亲原谅我——解除李家的亲事。

王老爷　嗐！怎么你能不先禀告父母，在外边私定婚姻？现在你反拿着暗昧不明的婚姻，来反抗我给你订的冠冕堂皇的婚姻吗？

甫　仁　请爸爸不要生气，我也不是反抗父命，不过想这婚姻问题是我自身的问题，必须自己解决，旁人不能与问的。我们中国现在旧家庭的恶习，听了什么媒人的一片胡言乱语，强为撮合，使平素并无感情并不相识的，强为组织一个家庭，所以酿出许多的坏结果来。我在美国参观他们许多家庭，知道他们所以能够如此美满的原因，就是因为他们是由自由恋爱而结婚的。

王老爷　哈！这种话我一点都不懂。常听人说：你们留学生在外国，尽讲什么自由恋爱，自由结婚，不讲礼义廉耻，你要知道各国有各国的风俗人情，怎么好拿美国的野蛮风俗，来比我们礼仪之邦呢？你岂不知道父母之命，媒妁之言，是结婚必经的手续吗？

王太太　甫仁你细想想看，不要教你父亲生气；事情尽可慢慢地从长计议。

王老爷　你到美国几年我以为你一定有点见识，有点学问，那知道你竟一味习了些外国皮毛，肚里面是空空如也。你还有面讲给我昕呢？现在是我与你做主订婚了！你要怎么样？如你要违背我的命令，我也不再来干涉你了。咳！居然有这种逆子……（顿足走入幕内）

王太太　甫仁你不要惹你父亲生气，顶好你就将这回事情，详细对陈小姐说，或者她能原谅你！

甫　仁　娘呵！你不知道我的心呵！……（悲痛状）我假若顺了爸爸的命，叫我怎对得住我亲爱的冰华呵？……（哭）

王太太　甫仁呀，你刚回来累极了！千万不要再伤心，你要哭坏了，叫我怎么样哩？有事可以慢慢地计议，你不要着急吧！

甫　仁　真叫我进退两难,冰华呵……我负你了……(痛哭)

(闭幕)(第二幕完)

第三幕　公园

布　景　公园中置一游憩椅,散置花数盆。

开幕后王甫仁呆坐于椅上,低头作沉思状,看表说:已经四点半了怎么还不见来呢?起,在地上低头散步。(冰华上)二人握手,同坐椅上。

甫　仁　我现在受家庭的专制,我做了负心人……冰华我负你了……(痛哭)

冰　华　(做出极勉强的样子)这桩事我接到你的信以后,我就细细地想了……人事的变迁,真是万料不到的。

甫　仁　冰华!我想为保障我们神圣的爱情,也能够拒绝父命,脱离家庭,但我的双亲年高,只我单生独子。假如我和他们决裂,我实在是有点对不住良心。我的父亲,又那样激烈脾气。咳!叫我怎对的住我的冰妹哩……

冰　华　咳!咳!我既然拿神圣的爱情对你,我总要成全你这番孝心,体会你这片苦心,我倒没有什么难解决的。咳!专制!专制!就是万恶的泉渊,我们又何必作这无益的悲伤呢?现在我们圆满的希望,人生的幸福,虽被一阵横风吹散,但是我们还有家庭内未了的琐事,社会上应尽的义务……唉!罢了!只好像我们从前没有这回事一样。

甫　仁　我现在对于什么家庭,社会,国家里的事情,我实在是无心过问了,此后株守家园以终余生罢了!我自身的问题,尚且不能解决,怎么样叫我过问旁的事哩!

冰　华　咳!你那里可以从此灰心短志,将你在美国时的怀抱、志愿,一旦受爱情上小小的刺激,遂付之流水。我劝你不要英雄气短,儿女情长,你不要以为负我,只好埋怨你自己的家庭,我不怨你,只怨我自己的命运;为什么生在这种新旧交替的社会呢?……我们婚约虽解,友谊仍在,如你不以我陈冰华愚陋可弃,那依然我们是好朋友,何必求全责备呢!

甫　仁　咳!冰华呵!我感激你能原谅我,更能劝导我,安慰我,但是早知今日何必当初哩!咳!家庭的专制,就是剥夺人生幸福的工具吗?

冰　华　咳!这种事情,谁还愿意提到吗!(痛哭)我现在原物归君,从此后……(脱戒指还甫仁)我现在再拿我们的交情,我临别还希望你……我进个末后的忠告:就是我希望你从此将昔日的那种缠绵委婉的情,一剑挥断;宽怀释念。将来拿对我的这种感情,推广到社会国家,有一种贡献成绩。在黑沉沉万恶的社会里,你作个明星灿烂的先导者,完成你在美国的那种壮志雄怀。那时不但对得住你的素抱,也算不负我陈冰华一番殷望了……咳!想不到回国未到一礼拜,就被环境所软化!在美国不是说中国社会恶俗的害人吗?但万想不到这种切肤的痛苦我陈冰华身受了……

(闭幕)

第四幕　结婚

布　景　礼堂式,中置一方桌,上置花瓶洋蜡证书等物,桌前置花数盆。开幕后,冰华同介绍人胡葆中布置会场。

冰　华　密斯忒胡!我对于这种事,很没有经验,不知道是不是这样布置?

胡葆中　很好!就是这样布置。

冰　华　现在时间已经不早,不知道外边预备好没有?王贵呵!

(王贵进)

王　贵　陈小姐有什么事?

冰　华　你现在通知外边一声,说钟点已经到了,看他们预备好了没有?(王贵下)(王贵上)

王　贵　外边都预备好了。

以下按礼单行礼(祝辞颂辞另详)

行礼后新妇出礼堂,冰华随出,男女宾皆散出。甫仁一人在礼堂作忧郁状,低头而散步。(冰华出,向甫仁鞠躬)

冰　华　米斯忒王我与你贺喜。

甫　仁　咳!冰妹我想不到你今天会来,更想不到今天你来,还是这样对我……

冰　华　呵!你叫我怎么样对你?

甫　仁　我现在心已碎了!你还故意取笑我吗?

冰　华　我怎么敢取笑你,你今天燕尔新婚,正礼之夕,应当快乐,又何必向我说这种话呢?

甫　仁　咳!冰妹我不知你居心安在!

春　香　少爷……少爷……新人中毒了……死在地上了……

冰　华　什么事这样慌张?

春　香　陈小姐呵!不好了……我们新少奶奶死了……

(闭幕)(第四幕完)

第五幕　偿愿

布　景　公园

甫仁同冰华在此园行婚礼后,二人相偕游园。

甫　仁　今天我们婚礼既完,我数年的心愿,一旦如愿以偿,你想我何等高兴,何等愉快;这是我近年来最得意的一天。我想我们这次结婚,不但是你我破镜重圆,就是我的父母都异常赞成,这是我万料不到的,但我现在要第一感激就是那天毒死新人的那人。不过我准想不到谁有这种侠情，来完成我们的婚姻哩！

冰　华　（做受刺激之状）咳！万事难以逆料，你且莫这样高兴！

甫　仁　真奇怪这自然界种种万物，也是要和人为难的，你看那天这公园里那种荒凉凄惨，何等悲伤，好像一草一木都拿一副愁眉苦眼的面孔对我。今日呢？喜气洋溢，色彩辉煌。我心里所想的，眼里所见的，没有一样不是令我愉快的！所以万事都是虚幻，唯心所造的事是真实的。

冰　华　咳！据今日的情形，想起我们从前的事来，简直同大梦一样，也无所谓喜，无所谓忧，我现在是大梦已醒，但你……

甫　仁　你这话说对了！你看世界上什么兴衰……治乱……喜怒……哀乐，那一样不是苍天故意拨弄人在苦海里边转圈子呢！那一个人不是在那里醉生梦死呢？我本来是个有志的青年，可惜我精神上受了那种刺激之后，一天天心灰意懒，渐渐地趋于消极悲观。把我从前的壮志都付之流水。现在我自身问题已遂了心，那么，从此我希望你竭力的帮助我。完成我们从前理想中所实现的事情。

冰　华　（面色惨淡，慢慢地答道）你且莫这样喜欢，你以为现在大劫已过，宿愿已偿，从此可以享家庭的幸福吗？但是天有不测风云，人有旦夕祸福，世事是没有一定的，何况是情场中的变化呢？（叹息）

甫　仁　你说这话很有道理，好像我们去年在这公园里，那一次诀别，已经破坏到十分，我决想不到我今生尚有乐趣和幸福，我更想不到我同你仍能结婚；可见万事不能逆料的了！现在我们自身的问题已解决，但是社会国家急需我们解决改良的事情尚多，我愿意我们奋斗去做我们为人应尽的责任。你何必这样消极呢？

冰　华　咳！你还不觉悟吗？既可由离而合，又何不可由合而离呢？

甫　仁　从前我们那回事情,不过偶然的事情罢了,你未免太多心了!

冰　华　是我意料到的,并不是偶然的事情!咳!!甫仁呵!你还不觉悟吗?我知道你终久有明白知道的一天。

甫　仁　我不同你说这些丧气话了!现在天气不早,我们可以回家用饭了,还有许多朋友在家里候我们吃饭哩。

（闭幕）

第六幕　同归于尽

布　景　家庭式,右首置一方桌,上置洋装书数套,信纸水笔等物,方桌右首一长靠椅,左首置一小圆几,上置茶具花瓶照相等琐物数事,两旁置椅二,衣架一。

开幕后冰华立于方桌旁,做沉思状,悲哭状,决心状,遂走到桌旁,用信纸写字(哭泣)

春香上

春　香　少奶奶,你写什么呢?吃茶吧!

冰　华　(慌张状)不写什么……你少爷呢?

春　香　在客厅同客人谈话哩。

冰　华　呵!你去吧!不叫你,你别来,知道吗?

冰　华　(由椅起身)咳!想不到我陈冰华今日这样的结果……咳!亲爱的甫仁呵!冰华这是末次同你通信了,我要郑重一点,看看有遗漏没有,还有同他说的话没有。咳!那知道你十分钟以后,只能看到我的绝命书呵……(痛哭)

看毕,从身上掏出小药瓶,注视……久之。做决意状,仰药倒于椅上,作难过抓心状。春香上。

春　香　少奶奶!客人等你用饭哩!呀!怎么你这样了!(惊讶,急跑出)

甫　仁　（急跑上至冰华侧）冰妹你怎样了？（注视）啊呀！这个 瓶是
　　　　什⋯⋯你难道是⋯⋯呵呀（取瓶往口中倒）⋯⋯我的冰妹
　　　　呀（大哭晕倒）
　　　　（闭幕）（全完）

【注释】

① 原载 1922 年 4 月 1 日–4 日《晨报副刊》,署名评梅女士。

与止水先生论拙著《这是谁的罪》的剧本[①]

——藉以答邓拙园先生

见八日副刊有邓拙园先生致先生一书，评及拙著《这是谁的罪》的剧本，幸甚幸甚。趁今日有暇，就写出我后来发生的意见，还请指教。

邓先生指出三个最大弱点：（一）与（三）大致很对，（二）则未敢赞同。第五幕开始时，王甫仁应该把李素贞死的事，和他父母对素贞死后的情形，略略叙述一番，如此剧情才有交代。第五幕中王甫仁有"第一感激那天毒死新人的那人"和"谁有这种侠情"的说话。我以为前句甫仁诚有之，然可不必说出来，演员当时贵要"意写"。后句"侠情……"确不妥恰，因为当时我替王甫仁太为乐情的冲动，致信笔所至写出来。并且于两夜短时间赶成后，就匆匆排演，原来是应女高师敝级级友会的游艺会的急需。既未用匠心，又素乏研究；我自思待商量的地方自然很多。副刊内当时把陈冰华留给王甫仁的一封绝命书又没有披露，这或许更是读者非议这个剧本的一种极大起因。因为冰华杀素贞而复自杀的意思都在这纸绝命书，也就是这个剧本的生命所寄。现在我把这纸绝命书补录于此：

亲爱的甫仁！

度君见此书时，我不知君痛苦到如何？然也不能再知君痛苦到如何了！我亲爱的甫仁！家庭余毒，殃及你我，使我不能为君的情人，而反为君的罪人！我脑海沸腾，我心房炸裂；我现在不能和你长谈了！但我还没有最后的声明，要使你知道的，我就是毒死君之前妻李素贞的凶手！！！你骤听定然要惊骇万状！但是没有什么，我亲爱的甫仁！我既与君订婚约，别人决不能夺我而弃君，当然也不能夺君而弃我；不当夺而夺之，这人便是我俩人的情敌！！

我初接到君信的时候，知有人侵入我俩爱情的领域。我悲愤之余，即欲求死。但我又想如此一死，君的爱情仍为别人夺去，则我虽死也不瞑目。所以我先杀敌人，而后自杀；使我之死，也带得君之爱情以去也！现在君既能以神圣爱情与我，我事已了，我目的已达，我理当一死以谢君的前妻。

别矣吾夫！别矣吾夫！！我还没有贡献于国家社会，我的事果已完吗？我的目果能瞑吗？虽然，我欲不死而决不可，我的亲爱的甫仁！我死，替爱情的价值为一点儿的解释！我死，所以对杀子女的父母为一点儿的惩戒！！我亲爱的甫仁……我至亲爱的甫仁呵！！！……永诀……永诀了……

你的妻冰华绝笔

冰华唯杀了素贞，可以顺从爱情的要求；唯自杀，可以得良心的慰藉。克胜情敌，是爱情的'真挚'；而复殉于情，是爱情的'圣洁'。我以为如此这般写来，使观众知道素贞之死，是死于'情'——情的被杀！冰华之死，是死于'情'——情的自杀——；甫仁的父母昧于'情'，而妄加干涉儿子的婚姻自由，致素贞死；冰华死甫仁死竟至'同归于尽'。既正面的揭示那顽固父母与专制家庭的罪恶；而又反面的警告那青年男女的慎重用情。邓先生以冰华毒死素贞为超乎人情以外，我殊不解？其实这种事实在古今中外的史传说部里，偶一检点，定可写成连篇累牍。余且不说，就是举中国史上的最有名的"人彘"一事来做个例子也可知一般。不过人类文明的结果，杀害不再这样呆笨，而吕雉用情，又决不可与冰华同论罢了。所以邓先生(二)点的批评，我不敢与以同意。现代一般社会主义的理论家，研究科学的结果，他们的活动已从物质方面而扩充到精神方面，识者都说为社会主义的一大进步。我想戏剧也免不了有同样的趋势。将来必抱戏剧的外表情节，和举动必渐渐地简略，而倾向于精神方面之含蓄的，寄寓的，反射的，烘托的，种种暗示作用。或许一直娶到"只以心能看的"一种程度才止呢。这原是人类文化进步的结果，也只有文化进步的智识阶级才能够得到这种间接的暗示力的教益。邓先生说："因为模仿也是人类的本能，反面的警戒的镜子，人们往往当正的模型的看了"这话一点都不错。所以我对于《这是谁的罪》的剧本，虽经我不变原意的修改后，也不主张拿到通常的舞台上去排演。因为这个剧本，虽然莫有价值，但是足以使通常舞台下的观众"当作正面的模型看"乃绰然有余。谈到这里，我觉得"剧本"，"演员"和"看者"，三种非"统一"不可。只有好的剧本，而没有适当的演员；和备有以上二种而没有适当的看者都是不行的。必剧本，演员，看者，三种俱全而后剧本的功效才能收成，而后著者的初志才能达到。想先生等之竭力提爱美的艺术，复热心宣传使之普遍，也是有个"欲下种子先起土"的决心吧。虽然，我于此要申明一句，我说这话并不是夸我的拙作，不过一纵笔论到题外去了。这是希望读者不要误会的！现在要说近本题，作个结束。

这个剧本，由于潦草脱稿，太欠化炼的工夫之故，自不免有词句描写不甚恰当，和遗漏应添的地方。我对于邓先生（一）与（三）两条的批评，所以引为同意，并且要谢邓先生的指教。但我认定这个剧本为"今代的人情剧"，是受着眼前社会上活的事实反射而产生的一个示人以"生"，不是示人以"死"的暗示剧。我的主观论断如此，于是乎我对邓先生（二）条的意见不能赞同了。

又这纸绝命书在剧本上当然要披露，但在舞台上简直没法可以叫甫仁告知观众。势唯有预先把此书印成，当排演时分散观众。因为主观的王甫仁在那个时候，见了这封信，唯有吞声咽泪的用"心"默吸，决不至于开口朗诵于（如）赞礼生之读证明祭文呵！

一九二二，四，十二，女高师。

【注释】

① 原载 1922 年 4 月 17 日《晨报副刊》,署名评梅。止水先生文章附后。

附:评梅女士的《这是谁的罪》

伯英仁兄:

我从入了"新中华戏剧协社",没有一点贡献,惭愧得很!

《晨报副刊》登出的剧本《这是谁的罪》,我以为编的不十分好。作者是要编问题剧,却是太简单浅近了。罪在其父,罪在社会习惯;一目了然,无待思索。这还不要紧。最大弱点,是把剧中之人,写得太非人情了!

(一)甫仁:照前两幕看来,确是个有道理的多情人,怎么第五幕中,会把前妻的惨死,说得如此惬心称愿? 她虽是情场的障碍,却还是个人! 况且还是表妹! 就在快乐中,也何至于此?"第一,感激那天毒死新人的那人"又"谁有这种侠情",——替旁人毒死新人这个侠未免太侠了吧——云云,太不近人情了! 若说是反言以刺冰华之心,则看其写法,实在不是。

(二)冰华:照前两幕写法,也是个有学问的好人,怎能听到毁婚约的话,颇似不动声色,而毒死人的狠事,随即出来。这不太阴险了吗? 有这种人吗? 作者的本意,是这么写吗? 既这么阴狠,又被良心逼的自杀了,这似乎不合情理。——何以知其被良心逼死,因为照剧本看,新人毒死,未生问题,自然非被事势逼死。

(三)第四幕,新人被人毒死,何以全无问题,此等固不必定要叙出,可是,也不宜像第五幕写的那样平淡,至少,在甫仁等语言中,要写的让人看着像事实。

近来的剧本，多写杀人害人的事，这为的描写社会坏处，起人改革的心，自然也是对的。可是我想，总也应该有积极方面，建设方面的作品，写出种种好的现象来，给人一种可喜的模范！因为摹仿也是人类的本能。反面的，警戒的镜子，人们往往当正面的模型的看了！这不是编剧家要注意的事吗？

《车夫的婚姻》很合我这个意思，只是里头还有车夫拿小刀路劫一段。我想，北京的车夫，还没有路劫的，幸而不会看报，也不看新剧，要是能看，怕因此真要起路劫的心了！戏剧的影响，不是该注意的吗？

总之，《这是谁的罪》这个剧本，最好请评梅女士再自己改改。如果要登戏剧杂志，也是改过了再登才好！

再者，这剧本也很有我佩服的地方，不过我要说的，是我望他（剧本）完全的一点贡献，就不必说他的优点了。

祝你健康！

邓拙园
二二、四、四。

关于剧本的商榷或讨论，本刊很是欢迎，也敢大胆地代表剧本的作者欢迎。记者早经声明过，在创作界如此沉寂的时候，本刊登就的作品，即不论思想，载说技术方面，也决不能篇篇都是完美无缺的。读者有什么高见，尽请随时指示。又，我以为读者既有批评艺术的热心，与其到将来演作以后，去空说什么某人"的是能手"，某人"表情极当"，不如把这点有用的精神用在批评剧本上；因为演作时演员的动作，里面含着许多别的分子，如剧本的与舞台监督的指示等，演员决不能负完全责任的。

记者识。

书　信

此生不敢再想到归鸦（致小峰的信）

小峰先生[①]：

树声君的《抄袭的诗人》读过了。学诗年余，也得到这点回响，不能不说是评梅的荣幸！不过我怀疑了——或者是我自己的浅陋——我觉着在宇宙内，自然赐给我的也不就是"翠峦碧溪夜莺杜鹃玫瑰紫罗兰宫殿楼阁……山川鸟兽人物花卉"——也可以说是人间所闻见的就是这些。

可惜我不是女神，不是天仙，不是和诗圣并肩站着的大文学家，我仅仅是个曼歌低唱的小女孩，怎能感到极伟大的神秘在宇宙里？

当我写我的《微笑》时，我实不知"黄昏的归鸦"和"互问着消息"已暗暗地犯了抄袭的嫌疑；那么，我或者在这一生里不敢联想到"归鸦和消息"等，虽然，我总觉得太诙谐了。我不禁望了这广博的宇宙微笑了！

这一跌，评梅并未感到不安和损伤，但树声君的主观的教训，评梅……在这里深深地感谢了！

附晶清女士及梅近作请教。

评梅　二十号。

【注释】

① 小峰，指李小峰（1897–1971）。江苏人。北京大学毕业。1924 年和孙伏园等创办《语丝》周刊，随后在鲁迅支持下创办北新书局，鲁迅的许多著作是在北新书局出版的。

梅　笺①

　　这是四年前梅姐寄给我的几封信,当时我们虽然几乎天天见面,但是我们又约定了在见面后的每晚都彼此写寄一封信。这次北来后从旧书箱里清理出来,交给《华严》发表,原为梅姐生前曾很热心的应允为《华严》写稿。

晶清附志

致陆晶清信之一

晶清:

　　昨夜我要归寝的时候,忽然想推开房门,望望那辽阔的青天,闪烁的繁星;那时夜正在睡眠,静沉沉的院中,只看见卧在地上的杨柳,慢慢地摆动。唉!晶清,在这样清静神秘的夜幕下,不禁又想到一切的回忆,心中的疑闷又一波一波汹涌起来。人生之网是这样的迷恋,终久是像在无限的时间中,向那修长的途程奔驰!我站在松树下默默地想着,觉着万丝纷披,烦恼又轻轻弹动着心弦。后来何妈怕我受了风寒,劝我回到房里。我蓦然间觉着一股辛酸,满怀凄伤,填满了我这破碎的心房!朋友!我遂倒卧在床上,拼将这久蓄的热泪滴到枕畔。愁惨的空气,布满了梅窠,就连壁上的女神,也渐渐敛去了笑容。窗外一阵阵风声,渐渐大起来,卷着尘土射到窗纸上沙沙地响个不住!这时我觉得宇宙一切,都表现出异常的恐怖和空洞;茫茫无涯的海里,只有我撑着叶似的船儿,冒着波涛向前激进。

晶清,你或者要咒骂我,说我是神经质的弱者,但我总愿把葬在深心的秘密,在你的面前暴露出来! 到后来我遂沉溺在半睡的状态中了。

杨柳的深处,映濡了半天的红霞,流水汩汩地穿过眼前的花畦,我和芎蘩坐在竹篱边。那时心情很恍惚,是和春光一样明媚,是如春花一样灿烂? 在这样迷惘中不久,倏忽又改变了一个境界:前边的绿柳红霞,已隐伏埋没,眼前断阻着一条崎岖不平的山路,森森可怕的深林,一望无底的山涧;我毫无意识的踟蹰在这样荒野寂寂的山谷。朋友! 我声嘶力竭,只追着那黑影奔驰,我也不知怎样飞山越涧的进行,"砰"的一声惊醒了我。原来是外边的房门被风刮开了!

晶清,我当时很怀疑,我不知人生是梦? 抑梦是人生?

这时风仍刮得可怕,火炉中的火焰也几乎要熄灭,望着这悠悠长夜,不禁想到渺茫的将来而流涕! 我遂披衣起床,拧起那惨淡的灯光,写这封含有鬼气的信给你。这时情感自然很激烈,但我相信明天清晨——或这信到你手中时,我的心境已平静像春水一样。

夜尚在神秘的梦里,我倦了,恕不多及。

评梅

三月二十夜三时

致陆晶清信之二

晶清:

你走后我很惆怅,我常想到劝朋友的话,我也相信是应该这样做的,但我只觉着我生存在地球上,并不是为了名誉金钱! 我很消极,我不希望别一个人能受到我半点物质的援助,更不希望在社会上报效什么义务……? 不积极的生,不消极的死。我只愿在我乐于生活的园内,觅些沙漠上不见的珍品,聊以安慰我这很倏忽的一现,其他在别人倖倖趋赴之途，或许即我惴惴走避之路。朋友！你所希望于我的令名盛业，可惜怕终久是昙花了；我又何必多事使她一现呢？

近来脾气愈变愈怪，不尽一点人情的虚伪的义务，如何能在社会里生存，只好为众人的诅咒所包围好了。朋友！我毫无所惧；并且我很满意我现在的地位和事业，是对我极合适的环境。

失望的利箭一支一支射进心胸时，我闭目倒在地上，觉着人间确是太残忍了。但当时我绝不希望任何人发现了我的怅惘，用不关痛痒的话来安慰我！我宁愿历史的锤儿，永远压着柔懦的灵魂，从痛苦的瓶儿，倒泻着悲酷的眼泪。在隔膜的人心里，在未曾身历其境的朋友们，他们丝毫不为旁人的忧怖与怨恨，激起他们少许的同情？谁都莫有这诚意呵，为一个可怜无告的朋友，灌注一些勇气，或者给他一星火光！

莫有同情的世界，于我们的心有何用处？在众人环祷的神幔下，谁愿把神灯扑灭，反去黑暗中捉摸光明呵？我硬把过去的历史，看作一场梦，或者是一段极凄悲的故事，但有时我又否定这些是真实。烦闷永久张着乱丝搅扰着我春水似的平静，一切的希望和美满，都同着夕阳的彩霞消灭了：如一个窃贼，摸着粉墙，一步一步的过去了。

晶清！我也明知道运命是怎样避免不了的，同时情感和理智又怎样武装的搏斗？心坎里狂驰怒骋的都是矛盾的思潮，不过确是倦了——现在的我。我不久想在杨柳结织的绿荫下，找点歇息去了！人和人能表同情，处的环境又差不多，这样才可谈一件事的始末。而不致有什么误会和不了解。所以我每次握笔，都愿将埋葬在心里的怨怀，向你面前一泄！朋友：原谅你可怜的朋友的狂妄吧？

祝你春园中的收获！

评梅

致陆晶清信之三

晶清：

　　这封信你看了不只是不替我陪泪，或者还代我微笑？这简直是灰色人生中的一枝蔷薇。昨天晚上我由女高师回到梅窠的时候，闪闪的繁星，皎皎的明月，照着我这舒愉的笑靥；清馨的惠风，拂散了我鬓边的短发，我闭目宁神的坐在车上默想。

　　玉钗轻敲着心弦，警悟的曲儿也自然流露于音外，是应该疑而诅咒的，在我的心灯罩下，居然扑满了愉快的飞蛾。进了温暖的梅窠后，闹市的喧哗，已渐渐变成幽雅的清调了。我最相信在痛苦的人生里，所感到的满足和愉快是真实，只有这灵敏的空想，空想的机上织出各样的梦境，能诱惑人到奇异的环帷之下。这里有四季不断的花木，有温和如春的天气，有古碧清明的天河，有光霞灿烂的虹桥，有神女有天使。这梦境的沿途，铺满了极飘浮的白云，梦的幕后有很不可解的黑影，常常狞笑的伏着。人生的慰藉就是空想，一切的不如意不了解，都可以用一层薄幕去遮蔽，这层薄幕，我们可以说是梦，末一次，就是很觉悟的死！

　　死临到快枯腐的身体时，凡是一切都沉静寂寞，对于满意快乐是撒手而去，对于遗憾苦痛也归消灭，这时一无所有的静卧在冷冰的睡毡上，一切都含笑的拒绝了！

　　玄想吗？我将对于灰色的人生，一意去找我自心的快乐，因为在我们这狭小的范围，表现自己是最倏忽飘浮的一瞥；同时在空间的占领，更微小到不可形容：所以我相信祝福与诅咒都是庸人自扰的事。

　　晶清：你又要讪笑我是虚伪了！但我这时觉得这宇宙是很神秘，我想，世间最古的是最高而虚玄的天，最多情而能安慰万物的是那清莹的月，最光明而照耀一切的是那火球似的太阳！其余就是这生灭倏忽,苦乐无常的人类。

附带告你一件你爱听的故事,天辛昨天来封信,他这样说:"宇宙中我原知道并莫有与我预备下什么,我又有什么系恋呵——在这人间:海的波浪常荡着心的波浪,纵然我伏在神座前怎样祈祷,但上帝所赐给我的——仅仅是她能赐给我的。世间假若是空虚的,我也希望静沉沉常保持着空寂。

"朋友:人是不能克服自己的,至少是不能驾御自我的情感,情感在花草中狂骋怒驰的时候,理智是镇囚在不可为力的铁链下,所以我相信用了机械和暴力剥夺了的希望,是比利刃剥出心肺还残忍些!不过朋友!这残忍是你赐给我的,我情愿毁灭了宇宙,接受你所赐给我的!"

听听这迷惘的人们,辗转在生轮下,有多么可怜?同时又是多么可笑!我忍着笑,写了封很'幽默'的信复他:

"我唯恐怕我的苦衷,我的隐恨,不能像一朵蔷薇似的展在你的心里,或者像一支红烛照耀着这晦暗而恐怖的深夜,确是应当深虑的,我猛然间用生疏的笛子,吹出你不能相谅的哀调呵!

"沙漠的旅程中,植立着个白玉女神的美型,虽然她是默默地毫无知觉,但在倦旅的人们,在干燥枯寂的环境中,确能安慰许多惆怅而失望的旅客,使她的心中依稀似的充满了甘露般的玫瑰?

"我很愿意:替你拿了手杖和行囊,送你登上那漂泊的船儿,视祷着和那恶潮怒浪搏战的胜利!当你渡到了彼岸,把光明的旗帜飘在塔尖,把美丽的花片,满洒了人间的时候:朋友呵!那时我或者赠你一柄霜雪般的宝剑,献到你的马前!

"朋友:这是我虔诚希望你的,也是我范围内所酬谢你的:请原谅了我!让我能在毒蟒环绕中逃逸,在铁链下毁断了上帝所赐给人的圆环。"

晶清:你或者又为了他起同情责备我了:不过评梅当然是评梅,评梅既然心灵想着"超",或者上帝所赐给评梅的也是"超"?但是这话是你所窃笑绝不以为然的。

近来心情很倦，像夕阳照着蔷薇一样似的又醉又懒！你能复我这封生机活泼的信吗？在盼！

评梅

致陆晶清信之四

晶清：

任狂风撼破纸窗，心弦弹尽了凄凉，在我这不羁的心里，丝毫莫有一点激荡。虽然我是被摒弃于孤岛中的浮萍断梗，不过在这修长的远道，茫邈的将来，我绝不恐怖而抖颤，因为上帝所赐给我的是这样。我愿腋下生一只雪绒轻软的翅膀，在这风吼树号的深夜，乘飙扬沙，飞过了沙漠的故园，在黑暗中听听旅客的伤心，或者穷途的呻吟。春寒纵然凌人，但我未熄的心火，依然温暖着未冰的心房呵！朋友呵！请你努力安心，你的朋友确是不再向虚空的图画，抹泪或者含痛了。寂静的梅窠里，药炉已灭；凄凉的寒风灯侧，人影如旧。你能在百忙中，依然顾念着蜷伏的孤魂，这是评梅感激而流涕的事。

你读了《花月痕》而凄悲叹息，足证明多情小姐的心理。本来人生如梦，梦中怨怒，事归空幻；不过是把生谜看穿之后，像我这样转动在这宇宙中，反成了赘累的废物。所以人不可彻底，更不可聪明。我希望你不必研究万事的因缘，只看作人生的迷恋。不过我知道你是感情道路中的旅客，你既未蹈过沙漠，又未攀过绝岩，在现在就觉悟，是极不彻底的话。

春风拂着我的散发，繁星照着我的睡眼，我将拥抱着这静沉的星夜，卧在这株古槐树下，狂妄也好，疯癫也好，总之，尽我的心情在愉快的波浪中激荡。这绝不是可以勉强造作的事，不过你或许不能相信我？

静静地渡这大海,跋涉这堑岩的峭壁吧!"生"的图画,已一幅一幅展在你面前,待着你的鲜血和清泪濡染。

敬祝你春梦中的愉快!

梅　四月四日下午

【注释】

① 原载《华严月刊》第 1 卷第 1 期(1929 年 1 月出版)。

评梅遗札

寄焦菊隐①之笺一

今天刮大风，晶清她们在校开胜利的会，请我去，我因风冷莫去。然而我很喜欢，她们又回红楼去了，而且我也有了母校。

有一时期我夜夜哭！有风夜，月夜，星夜，雨夜，雪夜，冬夜，春夜，秋夜，夏夜之别。然而我夜夜哭！深夜闭门暗自呜咽，确是一首最好的诗。我是早想将这各种心情、各种夜景的夜哭写出；然而结果呢，只蕴结在我的心里，我不知如何才能写出。看见你诗集题名《夜哭》时，我很惊奇，天涯中我夜哭时，原来尚有诗人也在夜哭！虽然你诗集名《夜哭》，未必真哭，更未必真夜哭，然而在我看见时，真觉除了我外，也有夜哭者在，似乎我的凄哀不孤零了。我许久写朋友信不再说一句牢骚话，因为我不愿自弱的呻吟了，我愿〔有〕勇气的挣扎着做女英雄。今天你要我写《夜哭》，我不得不说几句伤心话，希望你原谅我。

这首诗，我也想着写出，然而我觉我莫有能力写出！我等着，有一天酝酿成熟时写出来，然而或者也许淡漠的消逝了，也许永久在心头，直到进了坟墓。

我很珍爱我的夜哭，故我写《夜哭》也愿万分珍重地写出来；不敢写，恐笔底的夜哭，写的不好，反而损伤了我心上的夜哭！因此我更不能在现在急急匆匆的心情下写她了。

假如你不怪我抄袭时，我将来集一本散文，或诗，也题名《夜哭》！我想一定我夜哭是真的，你夜哭是不如我真。因为我夜哭的原力是直接的,你夜哭是间接的,我这样客观的观察,自然有错误的。我承认我们相知很浅。然而,你的悲哀总觉的是你天性的成分多,环境的成分少,或者可以翻过来,你的悲哀是环境的成分多,天性的成分少。我呢,两种成分压着。

野马跑远了,在此悬崖勒住。

寄焦菊隐之笺二

真对不起你,你又病了么?我真后悔,不应该让你们替我受这许多罪,像中毒一样,喝那样迎风洒泪的苦酒!

我真对你们不住,你让我怎样忏悔呢?你在学校,我也不便去看你。真该万死。我更不该使你看见我在坟头哭,和那背景的凄凉。我当局者倒觉高兴,而旁观者早已酸鼻了!我那天本想不哭,当我同小张由陶然亭回来,看见你们一堆人围着碑低了头默立时,我才恍然知道那黄土下是君宇。我忍不住只好呜咽!后来想起有你们在,其便不哭了。我心里很麻木,大概我感觉或者比你们浅,因为我在这环境里待久了的原故。

放心!朋友!我会珍重!这几天除了憔悴外,除了夜哭外,除了吃不下东西外,一切都如常时高兴!放心!朋友!

你快养病,不要想心思!同时更不要为我难受。我是很高兴的,因为有天辛伟大的爱包围着我。不要为了他死便可怜我。

相片今天寄去,权作问病的使者。这是生日照的,新近照的一个,不合我的理想,虽然照的好,我也不喜欢!

这个相很冷静,很超脱,不带烟火气,故寄给你,这比较可以代表几分真评梅。陆续再寄你我喜欢的纸上的评梅罢!

今天一群人来看我,看见我这副嘴脸,都气的噘着嘴,硬要拖我逛公园,我便同她们走了一遭,然而足底下践踏的都是遗迹和泪痕!

那里有真的乐趣在呢？

好好养病，不然你令我永不能释念，因为是我给你的酒病。更令我对不起高年的伯父大人的娇子！

寄焦菊隐之笺三

夜风吹散了宴前赚得的醉意。归途上又浮起心底的酸意，盛宴散后的悲哀，我不是一次尝受过的了。

朋友，你给的许多甜菜，和你那沉醉心情的憨态，都使我觉着弟弟们的生活是值得我羡慕的。祝你的胜利罢。我头晕要早睡了。

我要睡，我要喝醉，我希望这一年的生活是梦中悄悄地消逝去才好；我莫有希望，也莫有失望，除了消磨岁月去迎死亡外。

这是送悼十四年的挽词，朋友，我们在新年后见罢！

寄焦菊隐之笺四

……

你这封信我读了异常喜欢！你知道，我对朋友是很忠实的！我对你真和弟弟一样看待，你的家庭和环境，我也深知，你不能看这一般时髦少爷去过花天酒地浪漫生活的，你应该努力求学上进，将来自然可以骄然于世。你这样自己找钱为自己念书的意志，我早已佩服，环境艰苦的人才能有造就，这是定例。谈爱玩只是人生一部分，并不是全部，所以我们应该当家庭的好儿子，当社会的好国民。这话不是太腐败了么？但是我觉得这才是真正人生的大道呢！青年该一刻也不放松青年时代呢！诚然你的"环境实不容你偷安，更不容你浪漫也"。这几句话我真喜欢听，朋友，我期望你是这样努力才好。

你不要夜哭,也不要发牢骚了,还是努力挣扎着去前进吧! 光明幸福的前途在你的努力中等候着你呢! 朋友们不了解你,算不了什么,"真的"!

寄焦菊隐之笺五

菊隐:长信读后我很悲哀! 我固然应该感激许多朋友们的体谅我安慰我,不过常常反为了得到安慰而难受! 我自己骗自己有三个多月了,我想钻头去寻快乐,愿刹那的快乐迷惑住我,使我的思潮停止波激,那危险的波激! 如今,又清醒过来,觉得这样骗法无聊更甚。这样骗法,令我感到的悲哀更深! 我错了,我不应该骗自己。

三月五号,正月廿一日,是宇的周年了,我不知应该怎样纪念他! 我不知什么能够表出我心里这更深更痛的悲哀,在这一年里。风是这样怒号,灯光是这样黯淡,夜是这样深深,做甜蜜梦的人已快醒来,我呢,尚枯自低首坐在这灰烬快熄的炉畔想着:想我糜烂的身世,想我惨淡的人生,想我晦暗的前途!

这两三天里,我原旧恢复了往日的心境,我愿用悲哀淹没了我的生命和灵魂! 菊隐:我很不愿令你为了我的悲哀而稍有不快,故常破涕为笑的写信给你,希望你不要想到这春风传来的消息里,有我的涕痕和泣声!

今天渐不好,睡了一天,心绪乱极了! 给父亲写了一封长信,他们看见一定得哭! 我本想骗他们,那知一拿笔除了牢骚,实在写不出一句快活话。

我常觉到世界上莫有人,因为我连可以说话的人都找不到。

咳,梦太长了!

我不应该将这些话写给你, 我不应该将我朽木的心理示给你,我忏悔了,朋友,你好好念书吧,不要理我。这封信本想不寄,但又想还是寄给你好，因之你又看到这不幸的墨痕。

寄焦菊隐之笺六

莫有醉。今天既无陪客，又无小鹿，虽不敢佪促然而已是极敷衍了。敷衍本来可以不必来，但是一怕你生气，二怕你怪失约，因此逼成敷衍。为什么呢？我告诉你。

你不是听我说心跳么？在去大陆春前一点钟，在一个朋友处，逢见君宇一位女友，她新从美国回来。偶然问到君宇的事，可她一点都不知道，是我又把悲惨的故事重说一遍，说完了就来到大陆春。这和志新在柳园请我们一样令我难堪，我是送葬归来吃酒的。说起来这是值得记忆的，我是埋心埋宇那天，见着三年的朋友。

咳！说起来谁信！我这今年的寒假，是我最伤心不堪回首的，然而我只消磨她在梦中，这梦是什么呢？便是浅浅的笑靥，和低低的语声，在这些不能不令我不悲哀，然而能令我暂时无暇。悲哀的许多朋友的感情，不过只是一刹那，一刹那，一刹那过后的悲哀是更深更痛更伤心。这更深更痛更伤心的，便是另一世界，是那万籁人静后伏枕呜咽的时候，是憔悴悲惨的梅，不是那灯光酒筵前的梅。

为了说明心跳！写了一大篇牢骚，原谅我扰乱你天真而正在尝着甜味的心境，横心袭来这一阵哀音和酸意！

大概这是最令人难堪的罢！

君宇埋的那天，我去吃酒。重叙他历史给他的朋友后，我又逢吃酒。乌能不心跳，乌能不敷衍。朋友你当可原谅我。

然而，我是领了你的盛情的。

你今天不舒服，不知回去怎样？不要看书，不要吃酒，不要赌，不要沉思，大概会快好。

"波微"，是君宇在"二七"逃走时赠我的名字，因为我们都用假名的缘故。在我们通信中，找不见评梅、君宇的，都是些临时写的。他喜欢 Bovia 这个字十年了，然而在我身上找到她却仅仅一年。不过也可以说是永久不朽的。今天你在筵席前问到我，我自然不能隐瞒你，不过我承认了，又受不住一些不冷不热的讽声。令我想到"波微"也难过。

那一次不是杯盘狼藉，人散后只有月如钩斜。不堪想，我们的梦太长了，在这一次一次盛筵散后我觉着。

六年了，在北京。别的成绩是莫有，只有些箭射箭穿的洞伤在心上。许多模糊的余影隐埋着，在夜深归来，只有我只影是知道我的。

然而，梦呢，太长了！

今天一位女友，对我说许多话。她劝我不要去陶然亭，不要穿黑衣服，我表面只笑笑，但是心里我真恨她。

不过我是现在确乎变了，我是刹那的享乐主义者。能笑时，有机会笑总不哭！不过我这是变态，过几天大概又变了也未可知。

这并不是醉话，我莫有醉。

（寄焦菊隐信六封见《华严月刊》第一卷第二期）

又致焦菊隐信之一

菊隐君：

读了先生的信我不禁微笑！诚然感到极有趣的滑稽！相信我是游戏人间的，所以我很欢迎这类脱离悲哀的滑稽！

我年幼随着家父游宦在外，十三岁是我入学校的年龄，十三岁前是在家里请老先生教读。太原女师范毕业后我即到京，因那年不招文科，数理科我极不愿意，因种种原因遂入体育部。因为我身体从前较柔弱的缘故，毕业后在附中任女子部主任职兼授体育。

原谅我不愿提云影一般的过去。

相信我是离弃朋友的,并且我绝对莫有在爱园生活过,那么失恋的"?"是你误会了。

从前我是活泼爱动的,所以对社会活动很热心;后来不幸就变成现在的狂妄,不近人情的我了!

现在我不提悲哀,愿我的勇气,像英雄般雄壮,披着银甲,跨着怒马!

总之,我现在矫情说是这样了。

我的性情孤癖(僻),所以合于我的朋友条件的很少。我不喜交游,但有时狂气起来,又是很放浪的。我不带女性,但我是多感爱病的。

我大概八月五号后返京。考燕大是在今年暑假吗?那么,你将要离开天津。

祝好!

评梅复

廿一号

原编者注:此信首次整理发表于此。原件信封横型,文字竖写,寄往地址写:"天津南开清瑞里一号 焦菊隐先生台启",寄信人地址处写:"评梅由山西平定三道后街寄"。邮戳,发信后有"十三年七月廿三阳泉",中经地有"七月廿□石家庄",到天津有"十三年七月廿五天津七",但"十三年"的"三"字均不清,或可认为"四"。待考。这封信信封用钢笔书写,信用毛笔书写。

又致焦菊隐信之二

菊弟:

老父的生日便是今天。你猜我做什么呢?写了一封父亲的信,又写了两封朋友的信,一封是南洋的王,一封是莫斯科的张。你是不是?我每次写外国信大概准写的多而且厚;所以虽然两封信,似乎、好像写了十几封国内的信一样。

你能听姊姊的话不去参加团体工作,我很放心。我们的生命看的值钱点好。你能专心念书更好,除了念书是永远属于你自己,而能安慰你外,别的一概都是烦恼,都是烦恼!在现在觉着似乎望见幸福影子的,将来或者透露出的是烦恼之幕。不过谁也不能跳出圈子,谁也不能不向前去,谁也不能预卜将来,谁也不能不追逐幸福的影子;人生除了这还有什么呢?不过能找到一点比较可靠的安慰——读书,你还是专心努力吧!弟弟!我这是从肺腑中流露出来的话,你不要河汉斯言。

你自己身体本来不很健,希望不要糟踏,你的家庭,你的社会,希望于你的很多,请你为了家庭,为了社会而珍重!你胃疼还是去看看好,免的成了病。总之,弟弟你保重了健全的身体,才能有了你心愿的一切。

梅姊

四月一号午后

附中因为时局,停课了。

(评梅信前附笔)高长虹②无理取闹太笑话了。不知为什么,他这样恨我们,他还是父亲眼里最爱的小朋友呢。

  原编者注:此信首次整理发表于此。此信原件信封信纸均为北京蔷薇社制,信封寄往地址写;"东城盔甲厂燕大四号焦菊隐先生",寄信人处写"评梅"。邮戳似为"十五年四月一日",但"五"字模糊。此信用毛笔书写。

又致焦菊隐信之三

（一九二六年六月十七日）

菊弟：

　　我猜你也莫有回去。今天雨后我和晶清等在公园玩,她还问到我你是否走了,我便告诉他绝对不会走的,归来后果然。替我在老伯大人面前请安,你告诉他我是他一个未认识的女儿。不怕唐突吗?太高攀了。

　　我十有九不能回平定了,我怕回去了,又不能一时回来,而且路上也极危险呢!我又是个懦弱胆小的女子:不过我想我的母亲,不回去,母亲不失望吗?你说怎样好?不回去时,我也去西山玩玩,看看碧云寺柿叶红了莫有?那里有我爱的一种草,小钟最爱的小紫花,不知今年还有不?

　　你病须快治,少年时留一个这样危险的种子是很不幸的,我真怕,当你那天咳嗽时,我真觉心跳。唉!弟弟!君宇颊上红云退去时,便是他化成僵尸时。弟弟!你须治,不然不只你不幸,将来还须遗伤别人的不幸。自然,现在我知道你程度只是点咳嗽。酒少喝,书少读,最要宽怀你的胸襟,使他得以自由舒展,而不有梗制才好。有机会还是请克利检验一次。

　　你有双层面孔,我更多,岂止是双重。在我们这样环境下应付,的确需要多少面具藏在袋里,预备它的变化呢。

　　近来心头有点酸梗,几个好点的朋友都要舍我远去,在这样人海滔滔中,又少了几个陶然亭喝酒的人,一叹欤?再叹!!

　　三叹而无语。

　　祝弟弟的快乐!

梅姊

十七号夜中复。

原编者注:此信首次整理发表于此。原信寄往地址在信封上写"东城北河沿震东公寓焦菊隐先生"并署寄信人名:"评梅"。信封上邮戳为"十五年六月十八"。原信钢笔书写,用绿色墨水写成。

【注释】

① 焦菊隐(1905-1975),著名导演艺术家,戏剧理论家,文学翻译家。天津市人。在天津读书时,写信给石评梅,石评梅回信附小说稿《病》,从此交往。

② 高长虹(1898-1954),著名诗人、作家、狂飙社盟主。山西盂县人。1921 年到山西省立教育图书博物馆工作,跟石评梅之父石铭同桌办公。石铭选高长虹为东床佳婿,但石评梅爱上了高君宇。二高是山西省立第一中学先后同学。高长虹写了许多诗和散文,表示他对石评梅的爱,特别是《给——》之第 30 首。高长虹帮助鲁迅编《莽原》周刊时,焦菊隐投稿问及高长虹,但鲁迅没有给高长虹看,造成高和焦互有意见。后来焦菊隐写文章揭高长虹,高长虹反击,指责焦菊隐"无理取闹",在石评梅写这封信之前十天,现在石评梅说高"无理取闹"。

梅 笺

致袁君珊之笺一

今天我心情恶劣极了。本来昨晚就失眠，头涔涔然难过，再加看到清那封信，看见清那副面孔，看见清那痛苦的表情，几次令我黯然泫然！萍对她自回家后便冷淡到不能说，到底为了什么不可知，还是他因环境变迁呢，还是他不谅解清呢，都不可料。路远消息不易得，清在此如斯痛苦，他反以为她负情，这不是极滑稽的事吗？

在南方是清和伟人结婚的消息，在北京是萍和某女士的态度暧昧，到底是什么呢？都是匪人造下的谣言，而他俩便被谣言包裹了不可解脱。最好萍现在能来京，什么都解决了，不然，阴霾不可消灭，清在此心情日甚沉于悲痛。数月来我为了她绞尽脑汁，费尽力量，我压着自己的深愁勉为欢笑，我按着自己身上的创痛强为扎挣的安慰她，然而我是这样薄弱呵，一点都不能为力。我只好祷告上帝给她比较幸福平静的生活，令她可怜的孤儿不再有悲惨的结果。我敢相信，萍如负她，她定陷入危途；然而我自然不这样想。我们最好天天伴着她玩，伴她笑，令她能忘了一时便忘了一时；同时你也可写信给萍，什么话也不必说，只盼他能来北京。如今，萍连我都迁怒了，说我在京散布他的谣言，所以我也不能写信给他，这事你说说好了。

在爱的途程上，这事是必有的波纹，本无足介意和惊奇。不过，一方面我是清的好友，我不愿她常此痛苦；一方面他们这种隔膜，我总愿和我往常调和劝解他们一样早点和好了。清在这里时时念着萍，寄东西打衣服很安心的忠于他，而萍偏疑神见鬼误会人，这岂不是令人生气的事吗？所以我提到先生们，便觉心痛！那许多不甚相知的朋友呢，一方面嫉妒萍，也嫉妒清，只要能努力破坏总是努力的，唉！只有我是她的一个能在这心情下认识她安慰她的，不过我是不能为力的。

今天她醉后都告诉了你，我也回来写这封信，这封早欲泄露消息的信。使你知清现在不仅是离愁别恨所能限制她那复杂的心情的。

我是常常记念着她，可怜她！

朋友！你现在应怎样帮忙我安慰她，并使萍能解释一下他的误会才好？

我头痛极了，不说了，回去冷吗！这三四天内，你心情觉着复杂吗，知道了多少事迹？

评梅十一（月）十四号夜。

致袁君珊之笺二

（即发表于《蔷薇周刊》的《朝霞映着我的脸》，已收入散文集，此处略。）

致袁君珊之笺三

这封信，我制止我的情感不愿写，写下去牢骚悲哀满纸，不是应给你生日的礼物。所以我把千言万语缩成聊以自安的寥寥数语。原谅我，这碎碎片片的心情。

谢谢你，你送我归来。给与我那样勇气，令我踏着伤痕归来。只要我们回忆着，这个梦是又醒了！不管它当时怎样绮艳，怎样甜蜜，怎样悲酸,怎样凄凉?我心像湖中落叶一样,你是已经知道、看见了。

我的梦虽然死寂,然而心灵上是极圆满的。清的梦是在活的转变中,所以她心灵上有不能预测的或喜或悲的故事在不断的演映着。她自然比我苦!比我可怜!我的梦死寂而未破碎,她的梦虽生存,怕要有可怕的魔鬼来用铁锤击碎!怕!我真怕!

回去,你疲倦罢?愿你不要再作姊被犀牛拖去的梦!多少话,不必说了。祝晚安!

评梅十一月二十一号——十月十七日夜中写

晨接你信,我真又笑了,真顽皮,你!

梅二十二晨又写。

致袁君珊之笺四

(即发表于《蔷薇周刊》的《低头怅望水中月》,已收入散文集,此处略。)

致袁君珊之笺五

我失望了,你今天给我的信那样潦草与零乱。不过是不是也有点我的说错话呢!我又想起你惨白的面靥来了。

我心里是很高兴,除了为了清难受落泪而外,朋友!你千万不要为了我而感到烦乱和悲痛!假如这样,那是我不愿的;我万不愿千不肯以我这样残余人生的人,来遗害我幸福天真的朋友,由我而涅灭了你的童性,而戕贼了你的天真。

这话,今天在清处已依稀表示过。你给我以无量的欣喜,我也愿你因我欣喜而欢愉,万勿将清同我的悲运来痛苦你,所以我昨夜已忏悔了，我悔我在你面前，太真率了，使你识得我本来的面目。

不说什么了。我请你，朋友，你不要再写那样难过的信给我，令我吃了饭感到极度的难受。我从朋友家里回来，本来很喜欢，让你这封信，令我连你今天的笑靥，我也以为是假装的。朋友！我不愿看见你难过不喜欢，愿你努力恢复你那天真可爱的童性！

清前途不堪问，果如斯下去，清结局恐很惨！她不是急性的自杀，便是慢性的自戕。我看见她那青白的脸真难受！朋友，怎么办？我连睡梦中都怕她，都怕她有了意外！

我和清的交情是很深很深。自从天辛死后，我在这北京城，也是这世界上，除了母亲外，她是惟一能安慰我陪伴我的，假使她离开我，我一定不能如目下这样幸福平静，唉！我已付之天了，假使她有不测，我也是不堪想象的一个伤心人！我现在一半为了清，一多半是为了自己，所以我再三挽留她在北京的意思，也是一半为了她，一半为了自己。

朋友！我总觉得你能知道一点我们的苦，好像我们心中便舒适一分似的。谁教你，是认识了我们呢！朋友！你领受了姊这腔苦心罢，你要快乐！不过我自己真糊涂，写这样信给你，而能令你不难受，那是岂有此理。况且你的心弦又是那样脆弱而易感呢！

那么，我还是装上笑靥，说些笑话罢，但是朋友，我又不能这样虚伪对待你，怎样好？

你好好地写东西，好好地预备你的刊物。

《兰生弟的日记》给你寄去。天辛遗书以后再看，你是受不住的，我不忍用这些人间我尝受了的利箭又来刺你娇弱的小心。我不忍，我不愿。

梅十一月廿三号夜十一时半。

致袁君珊之笺六

不知为什么,今天我一进门看见清和你都那样高兴,所以我也喜欢了! 本来计划是要一个人去陶然亭痛哭一场的。

我自然感谢庐隐。我想作一篇文章回答她,不过,现在是写不出,你想我那能写出? 等几天,我一定写完它。假如写得长时,我想包办一期《蔷薇》。题目自然是《寄海滨故人》。

朋友呵! 我如今这混一天是一天的生活,你大概也知道了。我只是希望如梦的现在,不管它微笑痛哭都好,我总觉我是生存在艺术的梦里,不是愚庸的梦里。我过去是也悲凄,也绮丽的,我未来大概也是也悲凄,也绮丽的。朋友,今天我恍然又悟到自戕的可怜,我还是望着明月游云高歌痛哭罢!

朋友呵! 你给与我的同情和安慰,我不知怎样报答才好,像我现在这样空洞无完肤的心身;然而我知道,你何曾希望我报答,你只是希望我的心情好,高兴;所以我为了朋友你这样,我是努力去把我的心情变好而且常是满面春风的;好不好,朋友?

今天忙,草草数语就此收住。祝你好梦正酣!

梅三十夜。

致袁君珊之笺七

你要奇怪接到我两封信罢! 我写了那信便吃饭,饭后乱找了一气诗稿就抄起,到现在,十二时已抄了三分之二的一本了。心烦手酸,实在不能抄了。忽然又想起和你笔谈。你觉到吗? 我们见了面根本就未谈过一句正经话,我们心里所要说的话。

今天你信上,似乎问到我读了《孤鸿》后我心海深处觉着怎样?

我告诉你,朋友,我觉着难过,该哭！自然第一令我难过的便是她能充分的认识我而且给我那样厚深的同情。其次我无什感觉。至于天辛死后我的志愿和将来,《涛语》里十一《缄情寄到黄泉》,便是我这一年来的结晶,我自然更希望那也是我永生的结晶,我心既如斯冷寂,那么,我也绝无大痛苦来侵袭。不会再像昨夜那样难过了,因为我知道再无人给我那样的信了。此后除了一天比一天沉寂死枯而外,大概连那样能令我痛哭的刺激都莫有呢！朋友！梅的生命是建在灰烬上,但同时也是在最坚固的磐石上。不说了,说下去你又要难过了,我不愿你为我而难过！

今天清晨我几次把眼光投射天辛墓前,我想去看他,本来接你电话我就想告诉你:我不去清那里,去看辛。后来我想何必又给你们不快活,所以牺牲了我自己。出了校场头条时我真想去陶然亭,结果自然我不愿意,因为我去是最适当,你们去便受了大苦了,而且清又牙齿痛不能吹风。所以我不去而忍住,不过朋友,你觉出吗？我听你说话时,我是又把我自己的精魂投射到辛墓旁去了。没有愿望倒还好,计划着的事做不成似乎总不高兴？所以我在宣武门内又和你在车上说起。那时我很难受呢！你知道吗？

唉！为了经了这次我受的刺激,我总想去天辛墓前痛痛快快哭一场,我想,从这哭里或者能把我逝去的青春和爱情再收回来！唉,痴想！我知道是不能的,永久不能的了！

我第三次看你这信时,忽然发现你信纸有泪痕,真的,那是你的泪痕吗？是为我而流的泪滴吗？果然,我应怎样珍重这封信,它上面有人间极珍重的同情在上边,我愿我一天不死,我一天记忆着人间的同情,朋友！你该不伤心吧？

今夜我心情特别好,不过不是悲痛,有点疯狂,我要制止我。抄诗忽然找到一首诗来,寄给你读一读,有一个时期,我曾这样安慰过我自己,如今看来自然是笑话了。

看到这信时,我想我已看见你了。我在你面前,是不容我难受,因为我自己是希望看你的笑靥而不愿你鼓嘴的。朋友呵，祝你夜安！

梅三十号夜一时半。

原编者注：致袁君珊笺共七封，曾发表于《华严月刊》第一卷第三期，笺之三末尾"十月十七日"为原刊如此，疑有误。

本书编者注：那里没有错误，前边是阳历，后边是阴历。

梅 信

致李惠年信之一

（一九二四年十二月二十日）

惠：

昨日我舅父由故乡来,敝友在德院咯血未止。神志惶乱嚣烦中,常忆及汝病;我脑欲碎,不能作何语慰汝,惟祈在此数日中静养,再见我时活跃如平日,即我心安矣!

昨今两日,神经受刺激太甚,我只祈我如活尸耳;惠:汝幸勿念我!

Bovia

一九二四年十二月二十日夜十二时

原编者注:信中提及在德国医院咯血未止的朋友,指刚由南方到京因劳累而病重住医院的高君宇。

致李惠年信之二

（一九二五年一月二十八日）

惠：

接到你的信忽然流下泪来!

愿你不要怕,医生是慈悲的,他可以治我的痛苦,赠我们的幸福,何尝是残酷呢? 愿你体贴母亲的心而快乐!

这几天我在家写了许多文章，我正在编着一个悲剧的剧本，第一幕已经完了。我写了两篇论文，还写了几首诗。高兴极了！病榻上能写字时，你割好情形告了我知道。

Bovia

初四夜

致李惠年信之三

（约为一九二五年四月九日）

这封信找到了，一并寄你。

惠年：

好吗？我自寒食那天一直到今天，天天都去陶然亭一趟，如今完了，宇墓上的事我都办好了，只有刊印他的遗书了，现在我正在抄录呢！

许久我们未见了，计算还不到十天哩。下星期一附中或可上课。你一定很忙吧！再次见我时我把小严的像给你看。

梅姊

不要累坏了你千金体！

四月九号

致李惠年信之四

（一九二五年七月二日）

惠：

我在这翠玉般的山峰里写信给你的时候，我心里感到种幽美的颤动，我一切都沉醉了，沉醉在这大自然的怀抱中。

昨天下午五时到卧佛寺,我们住在龙王堂,在绿荫丛丛的苍松古柏中,我曾住宿了一夜了。下午七时吃完饭,弟弟们来看我,我拿给他们糖吃,他们高兴的抢着吃。八时后,我们一大堆人上山去看月亮,我们经过小桥,跨过岩石,听松涛,听水声,我一点都不知我自己去那里去了。

弟弟同我坐在草地看月亮,月亮见我们人多她躺起来了。但是我们在水边依然望着她。夜深归去,当我睡醒时看着,月儿正吻着我的脸呢!

今天我早起刚起来,弟弟就赶了驴子来接我到他家里,他给我预备好些食品,我们谈着吃着。十时——十二时曾去游玉皇顶,游完我忽然想到北京困于红尘的你,因之,写这信给你。归期很快,我回去后,大概很忙了。

评梅

一九二五年七月二日

致李惠年信之五

(约一九二五年秋)

惠妹:

我已安卧在母亲的怀里了。在母亲莫明其妙的时候,我曾痛哭了一场,从此后我很高兴!我觉着为了母亲我值得在这人间逗留着。

兄嫂相继得病,故心很杂乱。父亲知我心中不痛快,几次约我游山,过几天或可实现罢!有暇我一个人躲在楼上写文章,和去年一样,只缺少了一位隔一天有一封挂号信的宇。父亲告诉我他还瞒着宇父,但是太原开追悼会时,父亲去了还滴了几点老泪!他这种悲感,一半为了我,一半为了他。母亲还不知道,至如今也不知道。到太原一下车,宇的妹妹就来看我,我很凄然的和她说了几句话,送了她一张宇坟和我的像。连日梦见宇,他怪我不写信给他。你信收到,你生活有秩序殊慰,更愿你保重身体。

梅

十三之夜

致李惠年信之六

（一九二五年八月十五日）

惠妹:

从此畅谈更卜何日?

连日繁忙欲死,一踏入北京如热锅蚂蚁,可笑亦可怜,米斯王姐姐由南洋归来,卧病东城。我连日去看,路经东交民巷,一路惊心触目,幸死寂如青灯古佛,尚可用彗帚一扫魔氛,但何尝不是自骗自呢! 我笑既不能,而哭亦无泪矣。

十三号下午看宇茔,茔前积水二尺余,幸高原未淹,不然我将何以对他,坚持葬此者纯我一人之意。自知京水大我心不安,日夕难寐,幸苍天厚我,感谢玄如呢!

你家居自易寂寞,开学后新校新境当有无穷快乐,愿你待之勿急。惠妹,我境如何我不忍告你,从此学校一般如荒茔,但遗迹旧梦亦堪作我静坐默想的资料。我终应感激你赐我之惠。

小鹿来无期,不幸将成永诀,言之伤心,思之扱泪;梅命亦何蹇耶?惠妹,我现在虽不言我痛苦,但我之心汝亦当知之,夫复何言哉。

祝你晚安!

梅

八月十五号

致李惠年信之七

（一九二六年二月二十五日）

惠妹：

谢谢你挂念着我心跳！好了，即〔使〕不好，又有什么要紧呢！惠！你放心好了。至于我心头的悲戚，这岂是医药能奏效的吗？在沙漠上的枯鱼，任你浸在圣水里也不能复活。

三月五号（正历二十一日）是我埋心周年纪念日，我已和小鹿商议好在那天请许多我和辛的好友，去陶然亭玩。预备大瓶酒大块肉去野餐，愿祭扫的人们都在这苦酒中醺醉。因为能了解悲哀的人，才是真了解人生。在这个悲惨默默的荒郊外，参观这个最后一幕的舞台，虽然是别人的故事，然而又何尝不是自己。

我极愿节制悲痛，能悄悄地淡淡地掩映在那个荒漠的坟地里；留着眼泪在枕畔流去！

这是不容易的机会，姐姐也在，小鹿和小钟、小徐都在，明年这时候，死别的固然不盼着，然而生离是一定的。找这个聚会又难了，况且假使莫有我，谁还能记起荒郊外，新碑如玉，孤坟如斗的朋友？因之，小鹿说，那天照一张永远可纪念的像。我自己自然盼着年年现在如昔日！！

你——我不敢、不愿让你参加这个悲宴，不过我不能、不敢不告诉你，自然你可以相信，我是很爱你的。为了这个动念，我应该告诉你，而且万一之中还希望着你能看看我埋心的地方，并尝尝这杯苦酒的滋味！

你对我，应该来。我不为自己，为你想，我愿你不来！而且你也不能来，所以最后你还是不要来。

我的相今天已去照了，照了来如好时，我准送你。你的去洗了吗？我心又跳了,这笔不往下写了。

梅姊

二月二十五号

夜深时候。

致李惠年信之八
（约一九二六年春）

惠妹:

那天匆匆,话多极了,不知说什么好! 但又何尝有可以说的话呢!你推门一看我那种神情,也可以知道近来我的悲哀和伤心!然而你只看出了我的恬淡冷静!我为什么要变成这样呢!是环境逼我使然。

那天归来我异常伤心! 我为了我这死的生活流泪! 假如你想到我目下的生活枯寂时,你当也能知道我失掉慰藉的痛苦! 惠,你走了! 你有幸福的家,我远离开母亲,死亡好友,离散知己的漂泊弃儿有谁见怜呢!弟弟给我照了两张相,表情还好! 这是我生命的象征;倚碑那个,是我目下的也是永久的归宿;那张孤立湖畔、顾影自伤的,便是我此后天长地久的生活了!

乃贤说我和宇的事是一首极美的诗,而这首极美的诗我是由理想实现了!我很喜欢!谁有我这样伟大,能做这样比但丁《神曲》还要凄艳的诗!我是很自豪呢! 虽然这样牺牲又谁能办到呢?办不到故不能成其伟大,何能成这样美的诗哩!

小鹿来了! 我似乎要高兴点! 她第一句话就问"惠"! 可见她的心了,而惠之印入人心深也可知了!

这两张相你珍藏署,不能珍藏时,不妨烧了;不要留落到别人手里。我祝你好！

梅姊

致李惠年信之九
（一九二六年三月二十二日）

……（原缺）

有一个时间我想去做革命，我想盗一个烈士的名，一方面可以了了这残生，一方面又可使死得其所。那知，我罪孽深重，不但不能如愿，尚留下多少惨状给我看。

昨天九时便去女师大写挽联，看小鹿，哭朋友，一直三时才回来，还给她们做文章。这几天把我累得都瘦了，平均一天吃一顿饭。我愿有天也有累死的一天罢！

为什么这几天不敢来附中？

再问你一声，你对谁倾倒了，满心的悃忱对人，而又淡淡对你呢？是谁这样不懂好歹，告诉我，梅姊给你报仇？

梅
三月廿二号

原编者注：此信为"三·一八"事件之后所写，信里充满了悲愤之情，可与《痛哭和珍》《血尸》两篇散文参看。

致李惠年信之十
（一九二七年四月二十六日）

惠：

星期六去学校时洋车撞了电车，我昏过去又伤了右臂，住了两天医院,现在已好了。

你信来到,我忍不住写这信告你,你看我字知我手的不能写字了,再谈吧!

梅姊

十六年四月二十六

小鹿去了。让我致意你。

原编者注:评梅此次因撞车受伤而住医院的心情也写在散文《梦回》里,可参看。(《梦回》收入《偶然草》上部)

致李惠年信之十一

(一九二八年四月四日)

惠:

你走了我忽然想到:这几天那天下午你能和我去北海玩玩呢?春是装扮的北海美极了。如是有暇,请你定个日子告我一声。放假日我在家里等你,不放假日我在附中等你。

评梅

四月四日

除了清明那天我都成。

原编者注:清明是评梅到陶然亭悼念高君宇的日子,君宇去世后她每年如此。此外常常星期天去。信中特为表明清明那天不到别处去。

致李惠年信之十二

（约一九二八年七月二日）

惠年：

我已平安抵家了，因为回家后水土不服，卧病数日，故未能写信给你。临行匆匆未晤一面，殊觉惆怅万分。想你近来好，还是那样忙吗？天热，希望你珍摄身体。

附中事我真象不明，究不知是谣言还是事实？临行前一日晨曾晤到三年四班球队，在北海尽欢而散，窥其行止似对我并无芥蒂，因伊辈天真不能做作。她们告我说学生会对梅、吴、杨诸人表示不满，言对很坦白，如对我有不满当不能提及此事。邵系伊班代表自治会主席，也许此等事别人不知系邵一人所为亦未可知？我五年在附中自觉抚心无愧，至于奸人构陷，亦可置之不理，不过我甚愿知此中消息，如你能探知，尚望陆续能告我为盼。

小城清寂，一年来心神洗涤一下，殊觉爽快。双亲健康堪以告慰。顺叩

伯母大人安！

波微

七月二号晚

致李惠年信之十三

（一九二八年九月十日）

惠年小姐：

久违了，想近来好！今天在一年三班门外是不是你，我来看清楚；如果是你，请原谅我那时不能下来招呼你。你替我请好六小姐了吗？本宜直接送去，因恐冒昧不便，故特送上，请你转交，劳神处容

后谢。

　　近来我颇努力于看书写文章,想极力回恢到四年前自屋、梅窠生活,静寂有诗意的生活。近来作何消遣?

梅姊

九月七号夜

　　原编者注:本书所收评梅致李惠年信均为首次整理发表。